昭和は遠くなりにけり

沈みゆく太陽

髙橋利巳

展転社

目　次

第一部

第二部

第三部

第四部

装幀　古村奈々＋Zapping Studio
カバー写真：ぼうぶら

第一部

一、昭和は遠くなりにけり

（一）

新沼謙治の「俺の昭和は遠くなる」のやるせなく美しい声で唄う「〽色とりどりの夢を見て　色とりどりに輝やいた　やさしい時代があったねと　俺の昭和は遠くなる」の歌を感慨深く聞き、平成から令和へと御代替りの即位礼正殿の儀をテレビで拝見しながら、昭和はますます遠くなりにけりと、昭和の時代に思いを巡らせた。私のような昭和初期生れにとって激動の昭和は忘れることのできない時代でもあった。

わが国はさきの大戦で、米軍の非人道的な無差別爆撃により国土の大半が焦土と化し、戦いに大敗し、侵略国家として断罪され、占領中、その後も長い間わが国を擁護弁明することは許されず、戦前の日本が否定され断罪された時代が長く続いた。また、さきの大戦につき全国民が聖戦と信じ一丸となって戦ったことを語ることさえためらった時代でもある。しかしいま自由に語れる時代が訪れたように思う。ただ戦後七十余年あの時代を生きた多くの人はこの世を去った。いま振りかえって昭和の時代を想うと、正に夢のような激動の時代であった。

当時、小学校を始め学校での教育は皇国史観そのものであり、日本建国の歴史については、わが国は天照大御神の御孫の降臨（天孫降臨）に始まり、その天つ神の子孫である神武天皇が初代天皇に即位し、万世一系の天皇が統治し、今上陛下（昭和天皇）は百二十四代の天皇であらせられる、世界に類のない国であると教えられた。

（三）

戦前の日本は、日清戦争の勝利により台湾を、また日露戦争により樺太の領有および南満洲の権益を得、そして清の属国であった朝鮮を大韓帝国として独立させ、その後列国の賛同を得て条約により韓国を併合した。また第一次世界大戦後南洋諸島を領有、さらには五族協和の理想の国家として満洲国を建国するなど、統治地域が徐々に拡大していった。

それらの地域では共存共栄を願い、博愛衆に及ぼす使命感から、わが国の積極的投資により目覚ましい発展を遂げていた。そして、昭和十二年七月七日盧溝橋事件に端を発し支那事変（日中戦争）が勃発、近衛内閣の不拡大方針にも拘らず戦線は拡大し、中国の主要都市を日本軍が占領するに至った。

（三）

そのような情勢のなか学校教育は、日本国民として誇りをもって世のため人のため、国のために奉仕する人に育成する教育であった。そのため修身教育に重きがおかれ、勤勉で礼儀正しい人間、忠義と孝行を重んじ、公益と博愛に努め、人のために尽くす正しい人間に育成することを主眼として教育された。

そしてこの道徳教育の根拠となったのは、明治二十三年明治天皇により御下賜された「教育勅語」である。この勅語は万人が認める普遍的道徳規範が書かれており、古来から行われている日本人の道徳を整理し、まとめたものであった。この教育勅語は、祝祭日に校長先生が直立不動の全校生徒の前で恭しく奉読していた。またすべての小学校高学年生がこの勅語を暗記させられたものである。

（四）

支那事変が拡大し中国全土に広がり、大東亜戦争（太平洋戦争）に突入してから学校で特に教えられたことは、「八紘一宇」すなわち「世界は一つの家であり全世界を道義的に統一する」という意味であるが、この八紘一宇という言葉は、日本書紀の「橿原奠都の詔」の中に書かれており、神武天皇が橿原の宮で初代天皇として即位の礼を執り行った際に発せられた詔書で、日本建国の目的は世界の道義的統一にあり、世界は一つの家の家族であるという意味であった。この言葉は日本建国以来の国是として語られており、人類愛に基づき凡ゆる民族、凡ゆる国家は相扶け合い平和的共存を享有せしむると教えている。即ち欧米列強の四百年にわたる植民地支配からアジアを解放し、民族がそれぞれ独立を果たし、アジアが一つの家となり、家族となって扶け合うことが八紘一宇の精神であり、共存共栄のこの精神で大東亜共栄圏を建設するという目的が、大東亜戦争の大義であると教えられた。二千六百年前の日本建国の大義と、大東亜戦争の目的大義が正に一致しているという訳である。

（五）

開戦当初、日本軍は連戦連勝、昨日は香港、今日はシンガポール、明日はマニラというような勢いで勝ち進む日本軍に歓喜し、大東亜共栄圏の実現を夢見て、聖戦と信じ全国民が一丸となって戦った。しかし、物量を誇る連合国軍、特にアメリカ軍の徹底的な反撃により日本は決定的に大敗した。被害のあまりの大きさと敗戦のショックから日本人は戦争のことを語る気力さえ失っていた。

けれどもこの戦争の結果、その直後の独立闘争を経てアジアの国々はすべて独立することになった。インド、ビルマ、パキスタン、フィリピン、インドネシア、ベトナム、ラオス、カンボジア、マレーシア、その他太平洋の島国、そして韓国、北朝鮮、さらには中華人民共和国の建国の引き金ともなった。

イギリスの歴史学者アーノルド・トインビーは「第二次世界大戦において、日本人は日本のためというよりも、アジアの国々のために偉大なる歴史を残したといわねばならない」と記し、またフランスのドゴール大統領、タイのククリット元首相その他多くの著名人や歴史学者が同様の評価をしている。

(六)

「あゝあの顔であの声で　手柄頼むと妻や子が　千切れる程に振った旗　遠い雲間にまた浮ぶ――」「あゝ堂々の輸送船　さらば祖国よ栄えあれ　遥かに拝む宮城の　空に誓ったこの決意――」の歌に送られ、多くの精鋭部隊が中国大陸や満洲、そして昭和十六年十二月八日大東亜戦争が勃発し、マレー半島、仏領印度支那（ベトナム他）、フィリピン、インドネシア、ビルマ、ニューギニア、南太平洋の島々など東南アジアの地域や南方戦線へ出征して行った。

欧米列強の植民地であるアジアを解放し、大東亜共栄圏の確立が目的であったが、戦線があまりにも拡大していた。当時の軍部の指導層は明治維新の大業を成し遂げた薩摩、長州が主力で、彼らの気性は激しく、進むことしか知らなかった。

いわゆる薩摩閥、長州閥の軍上層部の軍人たちである。私の生まれた東北地方の出身者がもし軍の指導部であったなら、これ程までに戦線を拡大し、悲惨な敗北で終わらなかったと思われる。

(七)

アジアの国々が植民地支配から独立し、一つの家となり家族となって共存共栄の心で扶け合う八紘一宇の精神と、礼節と勤勉を重んじ、公益と博愛に努める教育勅語の教えに従い、アジアの独立解放のために多くの日本人が戦った。しかし物量を誇る欧米列強に大敗し、侵略国家と断罪され、多くの将兵が戦争犯罪者として処罰された。そして今なお尊い命を捧げた英霊を祀る神社に参拝することすら非難されている。

一方、日本軍の何十倍、何百倍と一般市民を無差別に大量虐殺し、明らかに戦時国際法違反の米軍や旧ソ連軍は何一つ裁かれていない。戦いに破れた者だけが断罪される。そして日本のマスコミも戦勝国のように自分の国を告発している。何とも遣り切れないものがある。

戦争に勝利すれば偉大な解放者と称えられ、敗北すれば戦争犯罪者として断罪される。歴史の評価は勝者によって決められる。敗者はそれに服従せざるを得ない。

それではアジアの人々はさきの大戦についてどう評価しているのだろうか。タイのククリット元首相は「日本のお陰でアジア諸国はすべて独立した。今日東南アジア諸国民が欧米諸国と対等に話ができるのは一体誰のお陰であるのか、それは身を殺して仁をなした、日本というお母さんがあったためである」と記している。その他同様の評価をしている著名外国人が多い。しかし、日本人の多くはそのようには思っていない。

何故そのように変化したのか。それは日本がさきの大戦に敗北し降伏後、連合国の軍事占領下におかれ、占領軍である連合国軍総司令部は占領目的の一つとして日本民族から誇り高い独立心を奪い、贖罪意識を植え付けることにより再び日本が軍事大国にならないための施策を講じた。

当時の日本人は教育勅語の教えに従い、八紘一宇の崇高な使命感からアジアの独立解放のために戦うことを生き甲斐とし、大東亜共栄圏の確立を信じ、聖戦と思い全国民が一丸となって戦った。敗戦後占領軍はこの思想を排除するため徹底的な洗脳工作を行い、侵略国家のイメージを日本人に植え付けた。帝国主義を容認した日本人の意識を改竄《かいざん》することが全人類のためであると決めつけ一方的に断罪した。

そして、明治、大正、昭和にわたり日本民族がアジアに築いた輝かしい歴史を否定し、破壊するための巧妙な計画が実施された。それは占領政策として当然考えられることであるが、あらゆる新聞、雑誌、ラジオ、学校教科書、著作物、個人の手紙など徹底的に検閲した。

そのためにアメリカの著名な心理学者など三百七十名のスタッフが秘密作業に当り、日本人の左翼系学者など嘱託として採用された者五千七百名といわれている。

また、敗戦国民の懺悔の気持と、二度と再び戦争を望まない意識が、日本人の歴史認識を変えたことは確かである。

改めて昭和は遠くなりにけりと思う昨今である。

二、沈みゆく太陽「ＧＨＱの洗脳工作」

（一）

ＧＨＱ（連合国軍総司令部）は、日本が再び強国になり米国の脅威にならないように、そして、ゆくゆくは日本国を解体するための占領政策を実施した。日本人に対する洗脳工作は民間情報教育局とＧ２（第二部民間諜報局）が担当したが、その工作は単に表面的な洗脳にとどまらず、日本人の根本的な心の根底から改めさせる徹底したものであった。

さきの大戦で米国軍は日本全土を徹底的に焼き払い、その上悪魔の大量破壊兵器原爆を二発も投下し、日本人皆殺し作戦を実行したことにより、いずれ日本人は必ず報復するであろうと強い警戒感があった。そのためＧＨＱは将来日本の報復攻撃に備え、憲法で武力の行使を永久に放棄させ、また陸海空軍その他の戦力を保持することを認めず、さらには国家固有の権利である交戦権までも認めないという憲法をつくらせ、あたかも独立国家の存在を否定するような憲法を、占領軍の立場を利用し強制的に制定させた。

（二）

一九二三年オランダのハーグで取り決めた国際法「空戦規則」では、一般市民への空襲を禁止し、爆撃の対象は戦闘員と軍事目標に限定すべきと規定している。米軍機はその規定を完全に無視し、日本の都市という都市、町や村に至るまで、ほぼ全国土を無差別に爆撃し、徹底的に破壊した。その目的理由は何だろうと考えるとき、日本が再び強国になり報復できないように一切の軍事力を持たせず、根底から弱体化する占領政策を実施した。

そのために先ず実施したのは公職追放、正しくは「好ましからざる人物の公職からの除去および排除」であるが、昭和二十年十月日本敗戦の二カ月後、特高警察全員六千人罷免に始まり、政官界、職業軍人、言論・出版界、経済界、朝鮮・台湾総督府関係、占領地行政職員、そして市町村長まで軒並《のきな》み追放の対象とした。

その数二十一万人追放という膨大な公職追放である。国家の要職にあった人が殆ど追放されたため行政機能が滞《とどこお》り、大半の官公庁で混乱が生じ行政事務の空白が続いた。追放されると地位を追われるだけでなく、将来も公職に就けず、退職金やさまざまな手当も支給されない。また世間の目も冷たくなり、就職もままならず生活に困った人が多いと言われている。

日本は戦争に負け実質的に無条件降伏した負い目もあり、公職追放された人達はただ黙々と静かにGHQの指令に従った。一方、戦時中に政治犯として獄中にいた共産党員や社会主義者等は解放され、占領軍を解放軍と認識し、水を得た魚のように活動を始めた。

(三)

GHQは、占領政策の中で特に軍国主義・国家主義の根源を絶つ目的で、教育に関する各種指令を都道府県を通じ通達した。まず学校教科書の国語、歴史、地理、音楽、図画ばかりでなく「君が代」の歌詞まで墨で黒く塗るよう指示し、それでも不充分ということで昭和二十年十二月には修身、歴史、地理の授業を停止するよう指令した。また米国の教育使節団が来訪し、教育制度を六・三・三・四制に改めさせ、男女共学、教育委員会制度に改革するよう要請した。

明治維新によって制定され、教育勅語によって確立した日本の教育制度、それは世界に誇るものであったが、GHQによって完全に解体された。「仰げば尊しわが師の恩」の歌詞のように、私の見た戦前・戦中の教師は皆誠実で、尊敬の念を抱くような人ばかりであった。また教科書は、国定教科書で民族の誇りと博愛衆に及ぼす教えで、夢と希望を育《はぐく》むすばらしいものであった。学校は楽しく、何よりも国民全体が一つにまとまっていた。そのような美しい国日本が敗戦により解体されたことは確かである。第二次世界大戦中、フランスの駐日大使だったクローデルは、「世界でただ一つ生き残ってほしい民族を挙げるとすればそれは日本人だ」と、同氏は敵国人でありながら日本人を称賛している。

（四）

ＧＨＱの教職員関係の追放は、昭和二十二年四月までに五千人が追放されたと公表されたが、それ以前に約十一万人が教育界を去ったと記録されている（読売新聞昭和時代プロジェクト著『昭和時代　敗戦・占領・独立』中央公論社）。

特に注目すべきは大学教授など高等教育関係者の大量追放である。大学教授は短期間で補充できるものではなく、ＧＨＱはその補充として韓国、朝鮮人や左翼系の学者を採用するよう指令した。現在も多くの大学に韓国朝鮮系の教授がいるのはそのためである。韓国朝鮮系や左翼系の学者が主要大学の教授に入れ替ったことにより、旧敵国のプロパガンダが史実として教えられ、歴史が捏造され、侵略国家日本がアジアの国々を侵略し、アジアの人々に甚大な被害を与えたと日本の歴史は捏造されていった。しかし敗戦国民の悲しさ、それを否定できない時代が長い間続いた。

さきの大戦は、日本がアジアの国々と戦争したのではなく、アジアを植民地支配している欧米列強と戦争し、アジアの国々を独立させ、大東亜共栄圏を建設するための戦争であった。それを否定し悪辣《あくらつ》な犯罪国家日本という虚構の歴史が教えられるようになった。

(五)

昭和二十年十二月八日、日本が真珠湾攻撃したその日を選び、GHQが制作した虚構の歴史「太平洋戦争史」を各新聞社に配り、十回にわたり連載するよう命じた。またその翌日十二月九日からは、NHKのラジオ番組「真相はこうだ」がスタートした。当時はまだテレビはなく、ラジオもNHKしかない時代、毎週日曜の午後八時に三十分間対談という形で、満洲事変から敗戦にいたるまで日本軍の犯罪行為を取り上げて放送した。聞いていて真実とは思えないつくり話やプロパガンダの内容が多かった。十回にわたり放送し、その後続編に編集し、毎日のように二年間にわたり放送を繰り返した。放送された内容には慰安婦問題や朝鮮人強制連行、南京虐殺は全く取り上げられていない。これらの問題はその後反日日本人がつくり上げ、日本人自身が広げ、韓国、中国が利用したものである。

戦前の日本人は朝鮮半島、台湾、樺太等未開発の地を開発統治し、五族協和の満洲国を建国するなど、大人も子供も教育勅語の教えに従い、また八紘一宇の崇高な使命感から、世のため人のためにに尽くす正義感に燃えていた。

しかし、戦後の日本人は何でも日本が悪く、戦勝国は過ちを犯さなかったという東京裁判史観に毒され、日本全体が薄暗い雲に覆われたように自虐史観の虜《とりこ》になっていた。しかもそれだけでは説明がつかない何かがあるのではないかと探求され、占領中ＧＨＱが綿密に計画し実行した「戦争についての罪悪感を日本人の心に植えつける計画」、すなわち「ウォー・ギルト・インフォメーション・プログラム」（ＷＧＩＰ）の極秘文書が最近になり関野通夫氏その他によって明らかにされた。

（六）

終戦から一ヵ月とたたない昭和二十年九月十日、ＧＨＱは「新聞報道取締まり方針」を発表し、また九月十日には「日本出版法」を制定した。その方針に基づき日本人洗脳作戦を綿密に立案したのがＷＧＩＰであり、微に入り細に入り、三十項目に及ぶ「削除及び発行禁止対象のカテゴリー」が定められ、新聞、出版物その他の事前検閲が厳重に実行された。その項目を見ると、ＧＨＱが如何に粛々と、言論統制により完璧《かんぺき》なまでに日本人の洗脳工作を行っていたことが分る。その戦略性は誠に恐ろしい程である。三十項目に及ぶ報道規制を列挙すれば次のとおりである（関野通夫著『日本人を狂わせた洗脳工作』からの引用）。

一、連合国軍最高司令官もしくは総司令部に対する批判
二、極東国際軍事裁判批判
三、ＧＨＱが日本国憲法を起草したことに対する批判
四、検閲制度への言及
五、アメリカ合衆国への批判

六、ロシア（ソ連邦）への批判
七、英国への批判
八、朝鮮人への批判
九、中国への批判
十、その他連合国への批判
十一、連合国一般への批判（国を特定しなくても）
十二、満洲における日本人の取扱いについての批判
十三、連合国の戦前の政策に対する批判
十四、第三次世界大戦への言及
十五、冷戦に関する言及
十六、戦争擁護の宣伝
十七、神国日本の宣伝
十八、軍国主義の宣伝
十九、ナショナリズムの宣伝
二十、大東亜共栄圏の宣伝

二十一、その他の宣伝
二十二、戦争犯罪人の正当化および擁護
二十三、占領軍兵士と日本女性との交渉
二十四、闇市の状況
二十五、占領軍軍隊に対する批判
二十六、飢餓の誇張
二十七、暴力と不穏の行動の扇動
二十八、虚偽の報道
二十九、GHQまたは地方軍政部に対する不適切な言及
三十、解禁されていない報道の公表

以上の項目に従い、厳重な監視、広範な検閲をGHQは行っていた。敗戦国民の悲しさ、何も言えず、何も書けず、じっと我慢するより仕方がなかった、ただ間接統治であったため、またGHQの巧みな心理作戦等もあり、一般国民はこのような厳しい洗脳工作が行われていたとは認識していなかったのではないか。

（七）

ＧＨＱの洗脳工作として前記ＷＧＩＰの他に最も重視したと考えられるのは学校教科書である。戦前戦中の日本の歴史教科書では万世一系の天皇をいただき、皇室と国民が一体となり世界に類のない美しい国と教えられ、また修身を読んでは清らかな心になり、世のため人のために尽くす立派な人になり、礼節を重んじ博愛衆に及ぼす人間になることを教えられた。国語では、忠君愛国、孝行、公益、慈善などに尽くした人の物語が実例をもって数多く読まされた。

そのような輝かしい教科書が、戦後の教科書では否定され、また二千六百年の歴史が一千三百年と半分に否認され、聖徳太子以前の歴史は教科書から削除された。そして明治、大正、昭和にわたり日本人がアジアに築いた輝かしい歴史が否定され、学校教科書に次のように書かれるようになった。

「日本は侵略国家として、アジアを戦火のうちに巻き込み、多くの生命と財産とを犠牲にし、多くの罪のない人々を不孝のどん底におとしいれた」と。また別の教科書では「日本軍は、アジアの国々の兵士ばかりか、多くの民衆の生命をうばい、国土を荒し、文化財をこわした。そのために東亜の各国はいまも侵略の災害に苦しんでいる」と。事実に反し虚構の歴史が教えられるようになった。

八紘一宇の崇高な使命感からアジアの国々の独立、人々の解放のために全国民が命を捧げて戦ったことなど全く書かれず、ただアジアの人々を苦しめた侵略国家日本という虚構の歴史を、学校教育において教えるようになった。

（八）

悪い国日本、侵略国家日本を強調するために、これまで（戦前、戦中）の教科書では全く書かれていなかった次のような反日的な人物が記述されるようになった（三浦朱門著『全歴史教科書を徹底検証する』から引用）。
（一）伊治呰麻呂《これはるのあさまろ》、阿弖流為《あてるい》（両人共朝廷に抵抗した蝦夷の首領）。（二）安重根《あんじゅうこん》（伊藤博文を暗殺した朝鮮人）。（三）伊波普猷《いはふゆう》（沖縄の言語学者）。（四）違星北斗《いぼしほくと》（アイヌの歌人）。（五）大塚楠緒子《くすおこ》（日露戦争の非戦論者）。（六）景山英子、岸田俊子（明治の女性自由民権論者）。（七）姜沆《かんはん》（藤原惺窩《せいか》に影響を与えた朝鮮の儒者）。（八）コシャマイン、シャクシャイン（両人共和人に抵抗したアイヌの首長）。（九）尚巴志《しょうはし》・尚円《しょうえん》・尚泰《しょうたい》（いずれも琉球国王）。（十）田代栄助（秩父事件の指導者）。（十一）知里幸恵《ちりゆきえ》（アイヌのユーカラ伝承者）。（十二）閔妃《びんぴ》（朝鮮国王妃）。

（十三）柳宗悦、浅川巧（両人共朝鮮に同情的な陶芸家）。（十四）李参平《りさんへい》（有田焼の祖）。（十五）李舜臣《りしゅんしん》（豊臣秀吉朝鮮出兵時日本軍を撃退したとされる人物）。（十六）柳寛順（三・一独立運動で獄死した少女）。

このように見てくると、沖縄・アイヌ・蝦夷・朝鮮で日本に敵対した人々、もしくはそれに同情する日本人や自由民権論者ばかりである。このような人物を、教科書に入れて日本の将来を背負って立つ中学生に教える必要があるのだろうかと思う。

（九）

前記のようにアイヌや朝鮮、沖縄の有名人は教科書に書いているが、世界的に著名な日本の軍人は誰一人として書かれていない。例えば日露戦争で日本を勝利に導いた満洲軍総司令官大山巌元帥。難攻不落の旅順を攻略した第三軍司令官乃木希典《まれすけ》大将。また世界の三大海戦の一つである日本海海戦においてバルチック艦隊を全滅させた東郷平八郎元帥など、その他大勢いるが戦後の教科書では記述されていない。中南米各国の教科書には東郷元帥の功績がきちんと書かれており、キューバではテレビのクイズ番組で東郷元帥が度々出題されている。なお東郷元帥は敵司令官ロジェストウエンスキー中将を長崎の入院先に見舞い、義を尽くしたことでも称賛されている。

歴史教科書を見て一番不快に思うことは、何かにつけ日本を侵略犯罪国家という歴史認識で、日本軍の行為を悪く書いていることである。それが事実であれば認められるが、大半は歴史偽造である。例えば日本書籍中学社会歴史的分野「太平洋戦争」「東南アジアの日本軍」には次のように書かれている。

「各国を占領した日本軍は軍政をおこない、物資を取り上げたり、強制的に働かせたりした。反抗する人は逮捕投獄されたり、虐殺されたりした。ベトナムでは米を取り上げ……二〇〇万人が餓死し、シンガポールやマレーでも多くの人々が日本軍により殺された。……」と日本軍はまるで盗賊のように書かれている。当時の日本人は教育勅語に従い、八紘一宇の崇高な使命感からアジアの独立解放のために戦うことを生き甲斐としており、また軍人は戦陣訓を順守することを徹底し、軍律の厳しさは世界一と見做《みな》されていた。略奪や虐殺を行った兵士は万人のうち何人かはいたかも知れないが、教科書では日本軍全体が軍紀違反し、悪行を行ったように書かれている。

私は、以前メキシコ滞在中に「アジアの独立」というテレビ番組を見た。その内容は、アジアの国々が四百年以上にわたり英・仏・米・西・蘭・ポルトガルの植民地として、弾圧と強制労働により現住民が搾取に苦しんでいる記録が延々と放映され、次いで日本軍がそれらの植民地で欧米軍と戦い、なかには無血進攻した地域もあり、沿道の市民が笑顔で日の丸の旗を振り日本兵を迎えている場面が映されていた。また占領地ではいちはやく学校が開かれ、日本兵が子供達を教育している場面や、現地人の男性が生きいきと軍事訓練を受けている場面が放映されていた。そのようにアジアの人々を同胞として見ている日本兵が虐殺行為を行うはずはなく、戦後のつくり話の類《たぐい》が多い。

(十)

当時日本が統治していた朝鮮半島、台湾、樺太、南洋諸島、また建国間もない満洲国、そして日本軍占領地の東南アジア（インドネシア、フィリピン、ヴェトナム、ラオス、カンボジア、ビルマ、マレーシア）及び中国大陸等の諸国へ行政官や技術者、また教員が大勢派遣されていた。

帝国大学の卒業生や高等文官試験合格者など前途有為な青年達が新生国家建設の希望に燃え、軍属として各方面に派遣された。派遣前の教育訓練施設としては神戸移住斡旋所その他が使用されたが、彼等の活躍がその後東南アジア諸国の独立の基礎となったことは間違いない。しかし戦後の教科書ではそのことが全く書かれていない。

既存七社の歴史教科書を読んで感ずることは、国家に敵対する民衆の姿勢だけが語られ、敵対される側の国家（日本）の意見はいっさい説明されていない。何かに抵抗し、何かに常に敵視している記述で、権力は常に悪で、民衆は常に善だという階級闘争史観で書かれている。

敗戦後ＧＨＱの占領政策により虚構の歴史がつくられ、さらに日教組が歴史を歪曲し、それを韓国、中国が外交問題として利用し、史実に反し歴史が偽造されたが、日本政府はただ謝罪を繰り返すばかりで、その上中国と韓国の圧力に屈し近隣諸国条項が設けられるなど、相手の言いなりに歴史教科書が改訂され、検定されるようになった。

このような状況をつくったのは、広汎な組織のマスコミ（特に朝日新聞）、左翼勢力、文化人、野党勢力等であるが、最近では文部科学省の教科書調査官までも明らかに左翼系の人が占めるようになった。

自国の歴史が侵害され、歴史を失うことは民族の生きる心の支えを失うことである。戦後長い間日本人は歴史を失った苦しみに耐えてきた。そして日本人の主権回復への熱い思いから、多くの識者、愛国者、政治家が立ち上がり、平成九年一月全国組織として

「新しい歴史教科書をつくる会」が設立された。

（十二）

日本の子供達のために、新しい歴史教科書をつくり、歴史教育を根本的に立て直す。という「つくる会」の趣旨に基づき、教科書づくりの多くのハードルを乗り越え、また左翼系の文科省歴史教科書調査官（十年程前までは保守系の人が任命されていた）が、最近の主任調査官は韓国の霊山大学で十五年講師を務め、毛沢東礼賛の本を書き、また北鮮のスパイだと週刊誌に告発された人物が任命されており、反日的な理解に苦しむ不当な検定意見を度々出すなどしているが、それを認めざるを得ずやっとの思いで検定合格している状況である。その上教科書の採択にあたっては、日教組、マスコミ、労組、韓国等の組織的妨害工作が全国規模で行われ、さらに採択権限のある各市町村の教育委員会の過半数の委員が日教組系で占められており、現状では新しい歴史・公民教科書の採択は極めて僅少に限られている。

採択をさらに難しくしているのは、教育委員会の下に教科用図書採択のための教科用図書選定検討委員会が設けられ（委員は中学校長で構成）、さらに検討委員会の下に各科目毎の教科別調査部会が置かれ、教職経験三年以上の専門教科の識見を有する者が任命されている。この調査部会の報告に基づき検討委員会で選定し、教育委員会に報告され最終的に教科書が採択される仕組になっている。従って調査部会の委員が日教組系であるか否かによって教科書の選定が異なる訳であるが、現状では日本を断罪しようとする日教組系が多数を占めていることは確かである。史実に反する慰安婦問題や朝鮮人七十万人強制連行さらには南京虐殺、また、みずから起こした侵略戦争の記述や日本の敗戦を喜ぶような描き方など、反日的な歴史教科書が全国的に採択されている現状から明らかである。

安部内閣のときに定められた文部科学省の「学習指導要領」には「わが国の歴史に対する愛情を深め、国民としての自覚を育てる」という指針が示されており、この指導要領に基づき子供達に日本の正しい歴史を教え、自国を愛し、平和と繁栄を図る歴史教科書をつくる目的で設立されたのが「新しい歴史教科書をつくる会」であり、当初「扶桑社」そして現在「自由社」が会員の協力により出版活動を続けている。

以上歴史教科書の問題点について概略を述べてきたが、実は歴史教科書以上に問題なのは公民教科書であると指摘しているのは大月短期大学教授であり憲法学者の小山常実氏である。小山教授の著書『公民教育が抱える大問題』によると、ＧＨＱのつくった公民教科書は国家解体の思想、社会解体の思想、全体主義的民主主義、歴史偽造の精神、反日主義の五つにまとめられると指摘し、その中で家族や共同社会、国家をバラバラに解体することが隠されているという。ＧＨＱは日本の教育の民主化という目的で教育改革を実行したが、それはあくまで表向きであり、真の目的は将来再び日本が強国になり米国の脅威にならないように、そして、ゆくゆくは日本国を解体するための教育を目指している。

（十二）

ＧＨＱは、上記の目的に沿った公民教科書をつくるために、米国の著名な心理学者に教科書作成を依頼したといわれ、教育を通じ日本を徐々に、確実に弱体化し、ゆくゆくは国家を解体することを目的としている。戦後七十余年その効果は確実に現れているように思われる。小山教授の説によると、その根拠となる核心は、家族、地域社会、国家、国際社会という四段階の基本的な社会の構造を公民教科書は意図的に教えず、異常なまでに個人の人権や平等権を強調することにより、家族や共同社会、国家をバラバラに解体することを目的としている。従って公民教科書に忠実であればあるほど日本は解体されることになる。という。

小山教授の説によれば、家族と宗教とは、個々人を結びつける社会の紐帯であり、公民教科書はこの紐帯を切断し、社会をバラバラに解体することを目指しており、また「子ども手当」のバラマキは、人々の労働意欲や、自立心を奪い、国家への依頼心を高め、事務量が増加し、国家が肥大化する恐れがあるという。

（十三）

民主党政権の「子ども手当」と「夫婦別姓法案」は家族の一体性を崩すことにつながり、家族が一体性を無くし、国家に依存し自立性を無くしていけば、個々人も自立性を無くしていく。そして、ひ弱になった個々人は、もはや共同性を失った家族という防堤に頼れなくなり、直接に国家と向き合わなければならなくなる。そして、個々人の直接的な集合体としての国家があるという捉え方がますます強くなる。という。

先進国では、このような家族の解体を食い止めるために、憲法の中で家族の保護規定を定めている国が多い。また、国連の世界人権宣言は「家族は、社会の自然かつ基本的な集合単位であって、社会及び国の保護を受ける権利を有する」（第十六条③）と規定している。これに対して「日本国憲法」にはそのような規定がない。あるのは「個人の尊厳と両性の平等（第二十四条②）に代表される個人主義的な規定だけである。その結果、「個人の尊厳と両性の平等」ばかりが強調され、家族の共同性を解体していくことになる。

また、既存七社の公民教科書は「個人の尊厳と両性の本質的平等」を強調するが、家族が共同体であることは書かない。清水書院が「心の通う共同体」、扶桑社が「コミュニティー（共同社会）」と記すぐらいである。それどころが、採択大手現行版の東京書籍や教育出版は「身近な社会集団」と記すだけで、かつては当たり前のように書かれていた「社会（国家）の基礎単位」や「基礎的な社会集団」といった記述さえも無くなっている。

現行公民教科書で重視しているのは「人権」であり、その中で最も重視しているのは「平等権」である。家族に関する教育を意図的に無視し、社会をバラバラな個々人に分解していくことを目指していることが分る（前記小山著書）。

（十四）

生徒たちを、日本社会や日本国家の構成員として育成することが公民教科書の目的である。従って公民教科書の教科の中の「日本国憲法」及び「国内政治」の箇所で、先ず国家論について、また日本国家の特色について生徒に説明し、特に愛国心を説くことが必要である。そして、社会を守るために政治権力が必要であることを教え、その上で、政治権力の濫用を防ぐための処置として、法治主義、権利の観念や民主政治の原則、三権分立等を教える必要がある、と。

しかし、国家論や日本国家の特色についてまとめた公民教科書は皆無であり、また、国内の政治の箇所で国家とは何か、国家は何のために存在するのか、国家の役割とは何かを説明している現行教科書もまた皆無である。

私達国民は国家からいろいろな援助や恩恵を受けている。教育、厚生医療、防災、交通、その他生きてゆくための多くの援護を享受している。その仕組を生徒に教えることは極めて大切であり、また、どこの国の個人も自分の生まれた祖国を愛するのは自然の感情である。愛国心のない国民はいない。しかし、戦後の日本では愛国心を語る人はごくまれで、語ってはいけないような雰囲気である。戦前・戦中の日本では愛国心は最高の道徳で、愛国心のない人は人間ではないような時代であった。

（十五）

当時の日本は、朝鮮半島、台湾、樺太、南洋諸島を統治し、五族協和の満洲国を建国、さらには中国大陸の主要都市を占領しており、全国民が意気揚々としていた。そして大和民族の誇りと、八紘一宇の崇高な精神で夢と希望があった。戦前と戦後の生活を比較して述べれば、戦前は貧しくとも心豊かな住み良い時代であった。子供達は目上の人を尊敬し、親孝行に努め、兄弟仲睦《むつ》まじく、また友達や隣近所の人達と家族のように和気あいあいと語り合い、間違ったことをすれば誰彼の別なく「お天道様が見ているよ」と注意し、注意された人は有難うと言って素直に従っていた。

学校では生徒は先生を尊敬し、先生は生徒を自分の子供のように愛情深く教えていた。祝日には全戸に国旗「日の丸」が飾られ、また生徒や先生は着飾って登校し、全員で国歌「君が代」を斉唱。校長先生が「教育勅語」を奉読。先生から祝日の意義について尊いお話を聞き、紅白の饅頭を戴くなど楽しい一日を過ごした。人々は礼儀正しく勤勉で、現在のようなオレオレ詐欺もなく人を信用できる社会で、家に鍵を掛けなくとも安心していられるような世の中で、建て前でなく本音の時代でもあった。

そのように世界一安心安全の社会がどのようにしてつくられたかと思うとき、全国民が「教育勅語」を徹底して実践したからだと思われる。

「教育勅語」は明治政府（井上毅《こわし》、元田永孚《もとだながざね》）が古来からの日本の道徳をまとめ明治天皇に上奏・裁可の上、明治二十三年十月三十日に公布されたもので、日本の教育、道徳全般の精神的基盤とされている。教育勅語は、まず我が国の建国の由来と歴史にあらわれた国柄の美しい特色を述べ、これを教育の根源とすることを宣明した上で、「孝行」「友愛」「夫婦の和合」に始まり、「遵法《じゅんぽう》」「義勇奉公」に至る十二の徳目を掲げて、それを実践することの深い意味を明らかにし、最後にこの教えが祖先からの教訓であり、歴史的にも国際的にも正しい普遍的な道徳であるから、天皇も爾《なんじ》臣民と倶《とも》に努力して人格を磨く、と訴えている（大原康男著『教育勅語』）。

同著書によるとこの教育勅語は、諸外国にも評価され、英語、仏語、独語、中国語に翻訳され、在外公館を通じ世界各国に配布された。また、明治四十一年開催の国際道徳会議にも議題として取り上げられ、高い評価を博した。そして、当時の朝日新聞は「我日本帝国に於ける教育の大本之に存し、我国民教育の主義全く此勅語に在り」と論じ歓迎している。

（十六）

しかし、昭和二十年八月日本敗戦により、ＧＨＱは日本人の精神的基盤となっている教育勅語の廃止につき考えた。けれども勅語の廃止を直接命じることは「天皇に対する侮辱であり」指令をためらっていたといわれる。ところが昭和二十一年七月、当時の田中耕太郎文相が教育勅語擁護論を表明したことにＧＨＱが反発。祝日に学校で行っている勅語奉読を止めることで一応の決着が図られた。また、その頃教育勅語に反対する日本の左翼勢力の活動やアメリカ国務省の要請もあり、ＧＨＱは衆参両院の文教委員長に対し、教育勅語の廃止決議を行うよう口頭で指示した（文書によらないのが巧妙）。しかし勅語の全面廃止を指示したものではなかった。けれども当時の国会やマスコミは左翼勢力の力が強力であり、昭和二十三年六月十九日、衆議院は「教育勅語等排除に関する決議」、参議院は「教育勅語等の失効確認に関する決議」を行った。しかし両院の決議には法的な拘束力がなく、国会決議が簡単に覆《くつがえ》された例もある。

戦後、教育勅語を軍国主義、超国家主義の根幹のように考える風潮があるが、教育勅語の制定課程を見ると、明治政府の主要な政治家、倫理学者、漢学者など多くの議論を経て、最終的には山県有朋総理、芳川顕正文相の検討を経て明治天皇に上呈、天皇からもいくつかの要望が出され、さらに西村茂樹（倫理学者）・三島毅（漢学者）・中村正直（洋学者）等の意見を徴し閣議決定の上、上奏・裁可し、明治二十三年十月三十日、井上毅が最初の草案を書いてから四カ月が経過し、公布された。

この勅語の特色は、教育の方向を示す「勅令」のようなものでなく、「御製」のようなものとし、時の政治家の示唆と受け取られないように教育命令のかたちを取っていない。また宗教上の争いや哲学上の争いにならないように、そして君子は臣民の良心の自由に干渉してはならないという原則を守り、慎重かつ細心にバランス良く示されている。「政治上の命令」ではない、としての性格は、他の詔勅の末尾には原則として国務大臣の「副署」があるが、「教育勅語」には天皇を補佐する大臣の署名がない。

本論の十二徳目の中に「國憲ヲ重シ國法ニ遵《したが》ヒ」とあり、これは天皇の大権を制限するものであり、削除しようとした時、明治天皇は「それで良い」と言われたという。また、末尾に「朕爾《なんじ》臣民ト倶ニ拳拳服膺《ふくよう》シテ」と記されているように、天皇も国民とともに教育勅語に示す徳育に努めることが謳われている。即ち汝臣民と心を一つにして良い世の中をつくろうと言われているのである（大原康男著『教育勅語』）。

（十七）

かつて日本人は東洋の君主国民として、教育勅語の教えに従い、勤勉で礼儀正しく、世界一道徳の優《すぐ》れた国民と認められていた。けれども令和四年六月、英国の慈善団体チャリテーズ・エイド財団調査の「世界人助け指数」によれば、日本は国別ランキング最下位の百十四位と報じられている。敗戦国民となり、道徳が落ちぶれたことは分るが、世界最下位の非人道的国民にランク付されるとは誠に憂慮に堪えない。

普通の青年が裏バイトに応募し、オレオレ詐欺や凶悪強盗グループに加わり、当たり前のように犯罪の加害者になっている世相を見ると、学校教育の公民教科書において教育勅語のような修身教育の必要性を特に痛感する。

歴史教科書において、日本悪い国、侵略国家の自虐史観を教えられ、また、公民教科書では個人の権利や平等ばかりを強調され、個人主義へと子供達を導き、ゆくゆくは国家を解体するために国家の役割を教えず、国を愛することを悪とし、さらには公共社会の助け合いの必要性や家族の重要性について教えていない。これでは子供達が素直に育つ訳がない。

既存七社の歴史・公民教科書の記述において特に目立つのは、部落差別問題、アイヌ差別、在日韓国朝鮮人差別、沖縄琉球問題、女性差別、障害者差別に多くの頁をさいているが、国家の大切な四つの役割、則ち防衛、国土の整備、法秩序の維持、国民の権利保障について記述しておらず、一部の教科書において単に国家の三要素、国土、国民、統治権を教えているに過ぎない。

旧敵国のプロパガンダをそのまま史実とし、犯罪国家日本を教え、家族、私有財産、国家の破滅をもたらし、国を守る意識を教えず、個人の権利ばかりを主張する偏向教科書を改正すべく「新しい歴史教科書をつくる会」（当初扶桑社、現在自由社）が平成九年に設立され、新しい歴史・公民教科書を作成し、文部科学省の検定に合格しているが、現状では採択は極めて僅少に限られている。

歴史教科書にとって核心ともいえる歴史人物の取り上げ数は、東京書籍（他の六社も似たようなもの）は百五十四人と少ないが、新しい歴史教科書（自由社）は二百六十三人と百人以上多く、子供達が読んで、祖国や家族を愛し、夢と希望をはぐくむ明るい記述となっている。

なお、現在文部科学省の歴史教科書主任調査官は、北朝鮮の工作員と疑われている左翼系の人物で、自由社の歴史教科書を全くデタラメな理由で不合格にした（その後自由社の歴史教科書はつくる会の強力な活躍により合格し、文科省の不正検定につき現在東京地裁で争われている）。このような人物を教科書調査官に任命したのは、Ｍ元文科省次官と思われるが、文科省はいまや「赤い官庁」に変貌したと見られ、憂慮すべき事態である。

　文科省の改革については、その頃文科大臣に任命された萩生田光一氏（私と同じ八王子出身）に対し、後にも先にも貴大臣以外には文科省の改革は困難と思料されるので、是非共貴大臣において改革されるよう度々書簡を差し上げたが、やはり大臣一人では成し遂げることは難しいと思われた。それにしても反日左翼勢力という強大な組織に対峙し、また、ＧＨＱの占領政策に抗して、教育基本法や学習指導要領を改正し、公共の精神、愛国心、愛郷心を明記させ、戦後レジームからの脱却に道筋をつけた、故安倍元総理の政治力の偉大さを、今更ながら改めて痛感する次第である。惜しい人を亡くしたものである。

教育勅語（教育に關する勅語）

朕惟《おも》フニ我カ皇祖《こうそ》皇宗《こうそう》國ヲ肇《はじ》ムルコト宏遠ニ徳ヲ樹《た》ツルコト深厚ナリ我カ臣民克《よ》ク忠ニ克ク孝ニ億兆心ヲ一《いつ》ニシテ世世厥《そ》ノ美ヲ濟《な》セルハ此レ我カ國體ノ精華ニシテ教育ノ淵源

亦實ニ此ニ存ス爾臣民《なんじしんみん》父母ニ孝ニ兄弟《けいてい》ニ友ニ夫婦相和シ朋友相信シ恭儉《きょうけん》己レヲ持シ博愛衆ニ及ホシ學ヲ修メ業ヲ習ヒ以テ智能ヲ啓發シ德器ヲ成就シ進テ公益ヲ廣メ世務ヲ開キ常ニ國憲ヲ重シ國法ニ遵《したが》ヒ一旦緩急アレハ義勇公ニ奉シ以テ天壤無窮ノ皇運ヲ扶翼スヘシ是ノ如キハ獨リ朕カ忠良ノ臣民タルノミナラス又以テ爾祖先ノ遺風ヲ顯彰スルニ足ラン

斯ノ道ハ實ニ我カ皇祖皇宗ノ遺訓ニシテ子孫臣民ノ倶《とも》ニ遵守スヘキ所之ヲ古今ニ通シテ謬《あやま》ラス之ヲ中外ニ施シテ悖《もと》ラス朕爾臣民ト倶ニ拳拳服膺シテ咸其德ヲ一ニセンコトヲ庶《こい》幾《ねが》フ

明治二十三年十月三十日

御名御璽《ぎょめいぎょじ》

第二部

三、少年時代

小学校での思い出は、規則正しく厳しい教育で、どの先生も人間として正しい人、善い人であった。生徒は先生を尊敬し、先生の言うことは何でも素直に従った。先生は大体師範学校を卒業した人が多く、国家（文部省）の教育方針に従い使命感に溢れ、少国民を育成するという熱意に燃えていた。現在のようないじめや校内暴力もなく、厳然とした規律や秩序が保たれており、生徒は互いに助け合い、協力し合う良き友達であった。

学校での教育は皇国史観そのものであり、日本の建国の歴史について、わが国は天照大御神の御孫の降臨（天孫降臨）に始まり、その天つ神の子孫である神武天皇が初代天皇に即位し、万世一系の天皇が統治し、今上天皇（昭和天皇）は百二十四代の天皇であらせられる、世界に類のない国である、と教えられた。

戦前の日本は、日清戦争の勝利により台湾を、また日露戦争により樺太の領有および南満洲の権益を得、そして清の属国であった朝鮮を大韓帝国として独立させ、その後列国の賛同を得て条約により韓国を併合（植民地ではない）し、また第一次世界大戦後南洋諸島を領有、さらに五族協和の理想の国家として満洲国を建国するなど、統治地域が徐々に拡大していった。

それらの地域では共存共栄を願い、わが国の積極的投資により目覚ましい発展を遂げていた。しかし、昭和十二年七月七日盧溝橋《ろこうきょう》事件に端を発し、支那事変が勃発、近衛内閣の不拡大方針にも拘わらず日本人居留民保護のため戦線は拡大し、中国の主要都市を日本軍が占領するにいたった。

そのような情勢のなか学校で教育されたのは、日本国民として誇りをもって、世のため人のため、そして国のために奉仕する人に育てる教育であった。そのため修身教育に重きがおかれ、勤勉で礼儀正しい人間、忠義と孝行を重んじ、公益と博愛に努め、人のために尽くす正しい人間に育成することを主眼として教育された。

そしてこの道徳教育の根拠となったのは、明治二十三年明治天皇により御下賜された「教育に関する勅語」すなわち「教育勅語」である。この勅語は儒学者元田永孚《もとだながざね》と法制局長官井上毅《こわし》によって起草されたものであるが、万人が認める普遍的道徳規範が書かれており、日本人の古来から行われている道徳を整理し、まとめたものであった。

「……爾《なんじ》臣民父母ニ孝ニ兄弟ニ友ニ夫婦相和シ朋友相信シ恭儉己レヲ持シ博愛衆ニ及ホシ學ヲ修メ業ヲ習ヒ以テ智能ヲ啓發シ德器ヲ成就シ進テ公益ヲ廣メ世務ヲ開キ常ニ國

憲ヲ重シ國法ニ遵《したが》ヒ……」

この教育勅語は、祝祭日に校長先生が直立不動の全校生徒の前で恭《うやうや》しく奉読していた。また、すべての小学校高学年生がこの勅語を暗記させられたものである。

敗戦後、左翼文化人、マスコミによる軍国主義化の恐れがあるとのGHQ（連合国軍総司令部）に対する要請でこの教育勅語が廃止され、戦後長い間この勅語のことを語ることはタブーとされていた。しかし、最近森友学園の幼稚園園児がこれを暗誦していたことで、安倍総理はじめ保守系国会議員が色めき立ち、援助の手を差し延べることになり、野党がこれを問題視し、マスコミも一緒になって追及しているが、この教育勅語は、日本人の古来からの道徳規範をまとめたものであり、それを無にするということは日本人の道徳観がなくなり、日本国民の倫理観が大きく変更させられたことになる。

支那事変が拡大し中国全土に広がり、大東亜戦争に突入してから、学校で特に教えられたことは「八紘一宇」、すなわち「世界は一つの家であり全世界を道義的に統一する」という意味であるが、この八紘一宇という言葉は、日本書紀の「橿原奠都の詔《みことのり》」の中に書かれており、神武天皇が橿原の宮で、初代天皇として、即位の礼を執り行った際に発せられた詔書で、日本建国の目的は世界の道義的統一にあり、世界は一つの家の家族であるという意味であった。この言葉は日本建国以来の国是として語られており、人類愛に基づき凡ゆる民族、凡ゆる国家は相扶《たす》け合い、協力し合い、平和的共存を享有せしむることであると教えている。すなわち、欧米列強の四百年にわたる植民地支配からアジアを解放し、民族がそれぞれ独立を果たし、アジアが一つの家となり家族となって扶け合うことが八紘一宇の精神であり、共存共栄のこの精神で大東亜共栄圏を建設するという目的が、大東亜戦争の大義であると教えられた。二千六百年前の日本建国の大義と、大東亜戦争の目的大義が、正に一致しているというわけである。

大東亜戦争は、敗戦後GHQにより太平洋戦争と呼称を変更させられ、また侵略戦争と定義づけられたが、当時、日本人の多くは侵略戦争とは思っていない。開戦当初、日本軍は連戦連勝。昨日は香港、今日はシンガポール、明日はマニラというような勢いで勝ち進む日本軍に歓喜し、大東亜共栄圏の実現を夢見て、聖戦と信じ全国民が一丸となって戦った。

しかし、物量を誇る連合国軍、特にアメリカ軍の徹底的な反撃により、日本は決定的に大敗した。被害のあまりの大きさと敗戦のショックから日本人は戦争のことを語る気力を失っていた。

戦後、日本のマスコミは自国の過《あやま》ちを責めることに終始し、少しでも弁明したら、韓国、中国と一丸となり袋叩きにされた。そのような状況が戦後長い間続いた。

けれども、この戦争の結果、アジアの国々はすべて独立することになった。インド、ビルマ、パキスタン、フィリピン、インドネシア、ベトナム、ラオス、カンボジア、マレーシア、その他太平洋の島国、そして韓国、北朝鮮、さらには中華人民共和国の建国の引き金ともなった。

フランスのドゴール大統領は日記に「シンガポールの陥落は、白人植民地の長い歴史の終焉を意味する」と記録し、タイのククリット元首相は「日本のお蔭でアジア諸国はすべて独立した。……今日東南アジア諸国民が米・英と対等に話ができるのは一体誰のお蔭であるのか、それは身を殺して仁をなした、日本というお母さんがあったためである」。また、イギリスの歴史学者アーノルド・トインビーは「第二次大戦において、日本人は日本のためというよりも、アジアの国々のために偉大なる歴史を残したと言わねばならない」。その他多くの著名人や歴史学者が同様の評価をしている（ＡＳＥＡＮセンター編『アジアに生きる大東亜戦争』）。

東南アジア諸国の学校教科書には、自国の独立と大東亜戦争との関係につき多くの記述があるが、日本の学校教科書にはそのような記述はなく、単に侵略戦争と位置づけているものが多い。

歴史教科書は真実の歴史を子供たちに正しく教えなければならない。しかし、現在の日本の歴史教科書は、ＧＨＱが日本占領中に強制した検閲基準、すなわち欧米諸国や近隣諸国に対する一切の批判禁止、東京裁判批判、大東亜共栄圏の宣伝禁止など計三十項目におよぶ厳重な検閲に制約され、また古事記、日本書紀の使用禁止。さらには「近隣諸国条項」など日本の歴史を正しく教えているものではない。また、執筆者の特定のイデオロギーに基づく偏向した記述がなされ、自国の歴史を卑下し、中韓隷属史観、アイヌ・琉球・沖縄の記述を多く取り入れ、日本に対する憎しみを植えつけ、さらには日本の祖国は韓国と思わせるような奇妙な歴史教科書まである。

このような歴史教科書を改め、正しい歴史教科書をつくるために結成されたのが「新しい歴史教科書をつくる会」であり、正しい歴史、公民教科書をつくり文部科学省の検定に合格し、四年毎の採択に向けて活動している。しかし、採択の権限は地域の教育委員会にあり、その委員の大半は、大体日教組系であり、いくら正しい歴史教科書を作っても、ほんの一部を除き採用されないのが現状である。

四、支那事変・大東亜戦争

昭和十二年七月七日夜、中国北京郊外の盧溝橋《ろこうきょう》で夜間演習していた日本軍に向けて、何者かが発砲する事件が起きた。翌早朝にも再び発砲があった（中国共産党の手先が、日本軍と国民政府軍を戦わせるために仕組んだ発砲と言われている）。事件勃発後、事件拡大を抑える現地協定が結ばれた。しかし、七月二十九日通州において、日本人居留民二百人が支那人保安部隊に虐殺される事件が起き、さらに八月、居留民保護に当たっていた日本人将兵二人が射殺され、また蔣介石軍が、アメリカ提供の戦闘機で日本人居留民を盲爆するなど、日本軍と支那（中国）軍が戦闘状態に入り、各地での衝突がいっきに拡大し、支那事変（日中戦争）が勃発した。

なぜ支那事変と言ったのか、それは昭和天皇の事変の不拡大の御意志があったこと。また事変を早く終結したいとの大本営の思惑。さらには近衛首相の「国民政府（蔣介石）を相手にせず」との声明からもうかがえるように、当時の中国は国家として分裂状態にあり、日本軍から見て宣戦布告するような相手ではなかった。けれども戦線は次第に拡大し、最後には百六十万の日本軍を派遣する状況になった。上海、北京、南京、武漢をはじめ主要都市を含む広大な地域を日本軍が占領し、国民政府軍は重慶へ撤退した。そして日本は南京に汪兆銘の傀儡政府を樹立した。しかし蔣介石政府は降伏しようとしなかった。それは米、英、ソが中国を援助していたからである。

かつて明治二十七年の日清戦争、同三十七年の日露戦争に勝利し、同四十四年韓国を併合するなど、大陸に権益を拡大していた日本は、昭和七年満洲国を建国した。当然ながら抗日、排日運動が各地で起き、それを鎮圧するために軍隊を派遣した。日本の領土となった朝鮮半島、台湾、樺太そして満洲に莫大な資金と技術力を投じ開発し、国益を拡大することが国家国民の発展のために良いとされていた時代である。

支那事変から始まり、連日のように中国戦線へ派遣される兵隊さんの出征祈願の光景が見られるようになった。祝出征の大きな旗を立て、在郷軍人、国防婦人会の人たち、その後に子供たちがぞろぞろと続き、近くの天祖神社まで行進し、神殿の前で出征兵士が出陣の挨拶する習わしであった。隣組の通達もあり、町内会の皆さんが日の丸の旗を手に行進したものである。子供たちは神社で配られる煎餅《せんべい》をもらうのが楽しみであった。

出征兵士を送る行進でよく歌われた歌は、「〽天に代わりて不義を討つ　忠勇無双の我が兵は　歓呼の声に送られて　今ぞいで発つ父母の国……」であり、不義不正の賊を征伐に行くという明るい勇ましい歌である。

また「〽わが大君に召されたる　生命光栄《いのちはえ》ある朝ぼらけ　讃《たた》えて送る一億の　歓呼は高く天を衝《つ》く　いざ征《ゆ》けつわもの　日本男児！」。晴れて陛下に召され戦地に出で立つ兵士を称え励ます歌であった。

この他にも、「父よあなたは強かった」「明日はお立ちか」「暁に祈る」「日の丸行進曲」などが歌われた。いずれも軽快なリズムで無敵日本の血潮を湧き立たせる歌詞である。

当時はまだ連戦連勝で、軍事評論家伊藤正徳の『帝国陸軍』によれば、日本軍の八年の中国遠征で、五十五回の会戦で五十一勝一敗三引き分けという勝率をあげている。八月十五日日本敗戦の日、支那派遣軍将校のあいだで、我々は勝っているのになぜ降参するのかと疑問を呈したという。もちろん、日本は中国に負けたのではなく、アメリカに負けたのである。そのようななか出征兵士が神社で行う出陣の挨拶にも悲壮感はなく、一人前の男として出征する決意や武勲を果たすことが述べられ、また国に捧げた命、生きて帰れるとは限らないが、その覚悟が元気に語られていた。

「〽あ、あの顔であの声で　手柄頼むと妻や子が　千切れる程に振った旗　遠い雲間にまた浮ぶ……」「〽あ、堂々の輸送船　さらば祖国よ栄えあれ　遥かに拝む宮城の空に誓ったこの決意……」の歌に送られ、中国大陸や満洲そして昭和十六年十二月八日大東亜戦争（太平洋戦争）が勃発し、マレー半島、仏領印度支那（ベトナム他）、フィリピン、インドネシア、ビルマ、ニューギニア、南太平洋の島々など東南アジアの地域や南方戦線へ出征して行った。

欧米列強の植民地であるアジアを解放し、大東亜共栄圏の確立が目的であったが、戦線があまりにも拡大していた。当時の軍部の指導層は明治維新の大業を成し遂げた薩《さつ》摩《ま》、長州が主力で、彼らの気性は激しく、進むことしか知らなかった。いわゆる薩摩閥、長州閥の軍上層部の軍人たちである。私の生まれた東北地方の出身者がもし軍の指導部であったなら、これ程までに戦線を拡大し、悲惨な敗北で終わらなかったと思われる。

昭和二十年一月、当時大東亜省に勤務していた兄利雄は、千葉県の鉄道部隊に召集された。普段はあまり喋らない無口な兄であったが、神社での出征の挨拶は明確ですばらしいものであった。当時十八歳以上の青年男子は、休日や夜間、近くの小学校で行われる青年学校へ通うことが義務づけられていた。軍事訓練ばかりではなく、いつ召集されても対応できるように、出征に際しての準備や心構え、また社会人としての公徳心まで教えていた。

神社での壮行会が終わって、その夜近隣の人や親戚、友人関係がわが家に集まり祝宴が開かれた。当時酒類は自由に買えず、二、三年前から配給の酒や闇で手に入れた酒を、今日の日のために溜めていた。その酒を思い切り振る舞い、出席者は大喜びであった。神主さんまで駆けつけてくれたことで、叔父は神様までも来てくれたので武運長久間違いなしと、大機嫌であった。

その夜、母が兄の耳を優しく掃除しているのを見た。母が自分の膝の上に兄の頭をのせているのを初めて見たが、兄は左耳がよく聞こえないと以前から言っていた。その母の姿は、戦場へ赴くわが子の無事を祈るように願いを込めているように見えた。

兄が入隊した部隊は、間もなく満洲牡丹江に出発し、その後ハルビン、長春の鉄道の補修や警備に当たったが、終戦間近に本土決戦に備え九州入吉に移動していた。そのため終戦後ソ連に抑留されることもなく、九州から列車を乗り継ぎ、また線路を歩いてわが家に帰って来た。手製の大きなリュックを背負い、髭《ひげ》ぼうぼうで真っ黒に日焼けしていた。

父はすでに復員していたが、秋田に疎開している弟と妹を迎えに行き、家にはいなかった。風の便りに兄の部隊は九州へ移動していたことは知っていたが、戦死せずに無事帰って来たので母と私は大喜びで兄を迎えた。

戦後、兄とは戦争のことについてほとんど話したことはない。私たち家族ばかりではなくほとんどの日本人は、さきの大戦につき語らなくなった。というより、語ろうとしなくなった。希望に燃え勝つと思って戦った戦争が大敗し、あまりにも悲惨な敗北で語る気力を失い、また生きることが精一杯でその余裕すらなかったと言える。しかし、そのことより占領軍による数々の改革（民主化の名の下に日本を弱体化に導く政策）や検閲の徹底、そしてその占領政策に従い、またそれに便乗して進歩的な勢力（その中には左翼過激派が含まれる）によって支配されたマスコミが、これまでの日本擁護とはまったく逆な報道振りに転じ、自国を責めることに終始し、そうではないと弁明しても通用しなくなり、皆、口をつぐみ、何も言わない方が得策という風潮が広まった。そしてただ黙々と働くことにのみ楽しさを見い出し、逆にそのことが奇跡的な戦後の復興を成し遂げたと言える。

五、東京大空襲

さて昭和二十年八月十五日、わが国は降伏し戦争は終わった。しかし歴史上はじめての降伏であり、今後どうなるのかまったくわからない状況で、人々はただ右往左往していた。そのような混乱の中、近くの新小岩駅へ行ってみると、将兵を満載した列車や貨車が次から次へと通過していた。皆元気な顔で整然としていた。この夥しい数の兵隊さんは米軍の本土上陸に備え、首都東京を守るため、千葉、茨城方面の防衛線に配備されていた精鋭部隊と思われる。都市という都市は米軍機の無差別爆撃や艦砲射撃により破壊され、一面の焼野原となっていたが、陸軍は最後の本土決戦に備え強力な部隊を保持していたことがわかる。

終戦当時、中国から東南アジアそして太平洋の諸島には三百五十万の日本軍が展開し、また日本本土には二百五十万の兵力を保持していた。さらに内地では一般国民の義勇戦闘隊百五十万が編成されていた。

しかし、天皇陛下の御聖断によりポツダム宣言を受諾し、本土決戦することなく戦争は終わった。国民は敗戦イコール民族の絶滅と信じ、一億総特攻になり最後の一人まで戦う決意であった。しかし、陛下は「国のため命を捨てて最後まで戦うという国民の気持はよく理解できる。しかし今は一人でも多く国民の命を救うことである。日本という国が消滅するのではなく、ここに生き抜く道が残されている。ならばやがては復興の光明も見ることができよう。わたし自身はどうなってもいいのである」と御決意を述べられ、最後まで徹底抗戦を強硬に主張していた陸軍のトップ阿南陸軍大臣は「一死以テ大罪ヲ謝シ奉ル」と血書の遺書を残し自決した。終戦は陛下の堅い御意志であることが全軍に布告され、血気にはやる陸軍を押さえ悲惨な本土決戦を回避できたことは賢明であった。もし陛下の御聖断がなく玉音放送がなかったならば、日本民族は史上から消え、現在の日本はなかったと想像する。

千葉、茨城方面から将兵を乗せた多くの列車は、新小岩から荒川を渡って都心方面へ向かった。しかし荒川から先、亀戸、錦糸町、本所、深川、両国、浅草、秋葉原一体は見渡す限り焼野原で、その先も度重なる爆撃で至る所破壊されていた。両国橋から皇居二重橋が見える程であった。

昭和十九年十一月二十四日からはじまた米軍重爆撃機Ｂ29による東京空襲は、当初は爆弾によるもので被害は僅少であった。マリアナ諸島サイパンを発進したＢ29の大編隊は、富士山を目標に来襲し、大月付近で反転、都心へ向かい一万メートルの超高々度から二百五十キロの爆弾を投下した。ノルデン照準機を使用するも、多くの爆弾は放物線を描くように葛西、浦安の海岸に落下した。週に一回位の割合で大編隊による空襲が行われたが、被害はそれ程大きくはなかった。

迎え撃つ日本軍の高射砲や戦闘機は、高度七千メートル位しか届かず、米軍機の大編隊は悠々と飛行していた。時々体当たり攻撃を試みる戦闘機はあったが、一万メートルまで上昇するのには無理があった。

米空軍司令官ミッチェル将軍は、日本に勝利するためには超高々度を飛行し、敵の反撃を受けずに大量の爆弾を搭載でき、しかも長距離を飛行できる超大型爆撃機を開発することが必要と力説し、ルーズベルト大統領が莫大な予算をつけ開発したのがこのＢ29である。しかし超高々度のため爆弾は目標に命中せず効果は期待できなかった。そこで攻撃を変更したのが低空での焼夷弾攻撃である。昭和二十年三月十日未明、その日は日本が日露戦争に勝利した陸軍記念日であるが、東京下町一帯を火の海と化した。それは、これまでの爆撃方法とは異なり米空軍の周到に計画した爆撃で、無差別皆殺し作戦に変わった。戦時国際法を無視したこの計画を立案実行したのは、ドイツのドレスデン大空襲を指揮し、功名をあげた鬼のルメイ少将で（後に大将に昇進し米空軍参謀総長）、このルメイは広島、長崎に原爆を投下した関係者でもあるが、戦後航空自衛隊を育成したという理由で、昭和三十九年日本政府から勲一等旭日大綬章を受章している。敗戦国日本の情けなさの象徴でもある。

軍事目標を重点的に爆撃指揮していたハンセル少将は、空爆の成果を上げることができず解任され、鬼のルメイが、米空軍第二十一爆撃隊司令官に任命され、日本本土空襲の責任者となった。日本の木造家屋は通常の爆弾では、地面に大きな穴を開けるだけで、爆撃の効果は極めて僅少であった。ルメイの指示でユタ州ダグウェイに爆弾に代わる焼夷弾攻撃の実験を繰り返し、その最も効果のある方法として、油に火を注ぐ方法を考えた。その方法はまず目標地域に低空からガソリンを撒き、次いで地域を取り囲むようにナパーム性油脂焼夷弾で火の壁を作り、その上で通常焼夷弾を雨の如く投下する方法であった。住民の退路を遮断する恐ろしい作戦で、正に国際法に違反した戦争犯罪の極みと言える。一九二三年オランダのハーグで取り決められた「空戦規則」では一般市民への空襲を禁止し、爆撃の対象は戦闘員と軍事目標に限定すべきと規定している。

その日三月十日未明、東京に来襲した米空軍重爆撃機Ｂ29は三百三十四機、投下した焼夷弾二千トン以上（これは第二次大戦中一日の量としては最大の爆弾）、折からの強風に煽られ火焔地獄となり、火は天空を真っ赤に焦がし、見渡す限り一面の火の海は三日三晩燃え続けた。私は荒川の対岸から見ていたが、逃げ場を失い焼死した人のほとんどは一般市民、特に婦女子、老人であり、犠牲者は川や道を埋め尽くし、その数、十万人以上、家を失った者百万人以上（何もかも焼失したので正確な人数、戸数は不明）。遺体埋葬のため在郷軍人会や陸海軍兵士、青年団が動員されたが、一ヶ月経ってもまだ川岸や道端には収容されない遺体が見られた。世界史上最大の火災被害であり、ニューヨークタイムズ紙は、一面で大きく「東京は消えてなくなった」と報じ、また空襲に参加したB29のある兵士は、服に沈着した死臭が数日間とれなかったと証言している。

この東京大空襲に成功した米空軍は、三月十日以降山の手、京浜、東京近郊から大阪、名古屋、福岡など地方都市へと絨毯爆撃を繰り返し、八月十五日終戦までの間、六大都市をはじめ四十七都道府県すべての中小都市および町や村まで六百五十以上を無差別爆撃により焼失させ、日本全土はほぼ焦土と化した。また航空母艦艦載機グランマやP51も加わり、その破壊活動は次第にエスカレートし、動く物、歩く人、一般市民の婦女子までも銃撃し、戦時国際法で禁止している非戦闘員を大量に虐殺した。

日本軍の真珠湾攻撃やその他の攻撃は、通常の兵器、爆弾を使用し軍事目標に限定していたが、米軍の攻撃はまさに無差別殺戮《さつりく》であった。日本のマスコミは支那事変（日中戦争）中の重慶爆撃をよく引き合いに出すが、日本軍爆撃機は小型で、爆弾積載量も少なく、しかも機数も少なく、爆撃被害は比較にならない程小さく、米軍機の行為と相殺できるものではない。

米軍機の一般市民に対する大量殺戮は、広島、長崎の原爆投下と共にナチスのユダヤ人大量虐殺に匹敵する犯罪行為であるが、戦後占領軍はその立場を利用し、都市に対する無差別爆撃につきその罪を隠蔽するために、長い間空襲につき報道させず、日本軍の加害行為のみを誇張して報道させた。その影響は現在にいたっている。

なぜ、米空軍が日本の大都市を無差別に爆撃し大量殺戮を行ったかの理由であるが、最近明らかになったことは、当時米空軍は陸軍の下部組織であり、それから独立することが念願であった。それにはまず空軍を強力な組織にするため、多額の予算を確保し、それに見合う成果を上げ実力を誇示しなければならず、航空戦力だけで日本を降伏に追い込み、勝利してみせると公言し、国際法に違反してまでそれを実行したことである（米空軍は戦後二年後に陸軍から独立を果たした）。

また、ルーズベルト大統領は、日本が中国を占領したため、対中貿易で莫大な損害を被り、日本に対し強い反感を抱いていた。そして当時の米国人は黄禍論など日本人に対する人種偏見が強く、日本という国家の存在を許容せず、日本を地球上から抹殺せよという極論まであった。その日本が真珠湾攻撃したことに対する強い憎しみが重なり、一気に日本叩きに変わった。それらが積もり積もって狂暴な無差別爆撃を実行させたと考えられる。

日本占領中GHQ（連合国軍総司令部）は、爆撃の実態やその惨状につき極めて厳しい検閲を行い、その被害状況を報道させず、また日本のマスコミも、長い間本土空襲の被害の実態や惨状につき報道することはなかった。これはGHQの「ウォー・ギルト・インフォメーション・プログラム」すなわち「戦争についての罪悪感を日本人の心に扶植する計画」の中で、特に空爆に関しては厳重に言論統制が実行されていたためである。

六、敗戦・玉音放送

復員兵を乗せた多くの列車や貨車は、爆撃で破壊全焼した東京駅周辺に集結し、部隊

終戦の玉音放送を聞き、皇居前広場でひざまずいて泣く国民

は隊列を組み、皇居遥拝後順次解散した。終戦二週間後まだその時点では連合国軍は日本に進駐していなかった。悲壮な思いではあるが秩序よく解散し、ぞれぞれの故郷や家へ向かった。しかし多くの家や職場は空襲で焼かれ、家族の生死はわからず、交通手段もほとんど破壊されていた。国のために一致団結していたが、その国が無条件降伏し戦いに敗れ、これから先わが国はどのようになるのかまったくわからなかった。多くの人は住む家もなく、仕事もなく、食べる物もない。焼け残った駅舎周辺やバラック小屋でゴロ寝していた。今思うとどのようにして一般市民は生きていたのか不思議である。

しかし国民は意外に冷静であった。ポツダ

ム宣言を受諾しての降伏は天皇陛下の御聖断であり、終戦の詔書は次のような趣旨で書かれている。

「世界の大勢と帝国の現状とに鑑《かんが》み、米英中ソにポツダム宣言受諾を通告した。交戦を継続すれば、わが民族の滅亡を招来するのみならず、人類の文明をも破却する。時運の趨《おもむ》く所、堪え難きを堪え、忍び難きを忍び、以て万世のために太平を開かむと欲す」。

一部軍人による徹底抗戦の動きはあったが、国民は陛下の御意志に従い、堪え難きを堪え、忍び難きを忍び粛々と終戦を迎えた。皇居前広場では、ある者は号泣し、ある者は正座し「忠誠足らざるを詫び」頭《こうべ》を垂れた。また、ある軍人は自決し玉砂利を鮮血で染めた。

当時、絶対的な軍部を制することは陛下以外には不可能であり、涙ながらに戦争継続を願い出た阿南陸相に対し、陛下は「阿南よ、もうよい、私には（国体護持の）確証がある。これ以上戦争を続けることは無理だと考える」と述べ、ポツダム宣言受諾を命じ、八月十五日正午、本土決戦を予期していた全陸海軍、全国民に玉音放送は流された。もし陛下の御聖断が下されなければ、悲惨な戦争が継続され、日本民族は滅亡していたと思われる。

支那事変から大東亜戦争まで、軍人・軍属の戦死者約二百三十万人、空襲や原爆など民間の犠牲者約八十万人、合計三百十万人とされている。そして、中国、満洲、樺太、韓国、北朝鮮、台湾、東南アジアの諸国、南洋諸島の各地には日本軍の将兵、軍属計三百五十万人、一般民間人計三百十万人、合計六百六十万人の日本人が残っていた。それらの引き揚げは世界史にも例のない民族大移動であるが、多くの船舶は撃沈されており、残った少数の船もその運航は自由にできない。またソ連に連行抑留された約六十万人の軍人、民間人の帰国についてはまったく目処が立たない状況であった。ポツダム宣言を受諾し降伏が決まり、阿南陸軍大臣は幕僚たちを集め「聖断は下ったのである。不服なものは、まず俺を斬れ！」。そして、陸軍は一糸乱れず団結して事に当たらなければならない、一人の無統制は国を滅ぼす原因となる、と訓示し（村上兵衛著『国破レテ』）、八月十五日未明、「神州不滅ヲ確信シツヽ」と遺書に付記し割腹自決した。その他東部軍司令官田中大将、本庄繁侍従武官長はじめ六百人以上の将官、将校が自決した。また反乱軍を抑えようとして近衛師団長森中将は暗殺され、近衛文麿元首相は戦犯に指名された後自決した。そして神風特攻隊を創設した大西海軍中将も自決し果てた。

八月十五日が過ぎ、間もない頃、わが家の上空を毎日のように日本軍の航空機が、海の方へ向かい静かに飛行していた。人の噂では徹底抗戦派の飛行将校が、もはや戦いの望みはなくなったとして、皇居上空を一周し自爆飛行しているのだと噂していた。

このようにして三年八ヶ月におよぶ大東亜戦争は、本土決戦をすることもなく終わった。徹底抗戦を決意していた強力な軍部を排除する天皇陛下の終戦の御聖断が下されなかったならば、サイパンや沖縄以上の悲惨な戦闘が日本全土において繰り広げられ、日本国民は玉砕し果てていたことは明らかである。

七、進駐軍

昭和十六年十二月八日米英に宣戦布告した日本は、その月に香港、マレー半島に進行し、翌十七年一月フィリピン・マニラ占領、二月にはシンガポール占領、三月にはビルマ・ラングーン占領、八月にはガダルカナル上陸など正に破竹の勢いで日本軍は進撃した。しかし翌十八年二月ガダルカナルを撤退するに至り戦況は防戦に転じ、徐々に追い詰められる情勢に変わった。

そのような状況の中、私は昭和十八年三月国民学校高等科を卒業し、家の近くの関東商業学校（現関東第一高校）に入学した。戦争が激しくなり、あらゆるものが戦時体制に変えられる中、同校は工業学校も併設し、校名も関東第一商工学校となり、私は電気科に学んだ。学んだと言っても教室で勉強したのは半年ばかりで、勤労動員で近くのアルミ工場で働くことが多かった。当時の若者がそうであったように私も電気や機械に興味があり、鉱石ラジオや真空管ラジオを組み立てたりしていた。そのようなことで工場で機械に触れるのは実習と思い楽しかった。

その工場は、海軍の艦艇用部品を作る小さな工場で、学校から六人程派遣された。最初はアルミの鋳物《いもの》の鑢《やすり》がけであったが、ボール盤、カッター、小型旋盤などを徐々に使えるようになった。同工場で働いている工員は皆若かったが、明るく技術的知識も豊富で、頼もしく何よりも皆親切で優しい人たちであった。毎週一回作業終了後、社長の家族が総出で料理した食事をご馳走になり、食糧難の時代何よりも嬉しかった。そして食後皆んなで歌を唄った楽しい思い出がある。

その頃週に一回位の割合で大きな空襲があり、防空壕に避難したが、B29は高々度の上空を通過することが多く、至近弾に見舞われたのは三回位であった。大量の爆弾が投下すると上空の気流が波のように動き、しばらくして四方八方の地面が轟音と共に揺れ動いた。直撃弾が迫ってる感じで思わず身を屈《かが》めたが、爆弾は少し離れた所に三発落下した。

アルミ工場で動員として働いたのは約一年位で、同工場は本土決戦に備えて、新原町田へ移転することになり、私たちは学校へ戻り、少しの間待機することになった。そして次に動員されたのが製菓工場で、軍需用の乾パン、ビスケットを作る工場であった。一般には物のない時代なのに、この工場には小麦粉や一斗缶に入った水飴が作業場に並べられていた。製菓工場へは五名派遣されたが、同工場は若い女性が大勢働いており、明るい雰囲気であった。当時は男女共学ではないので、男と女は別々のグループで塊《かたま》るが、三時の休憩時間には嬉しそうに話しかけ、はしゃいだりして楽しく過ごした。工場の周囲は蓮畑になっており、夏場の暑い時期、二階の休憩室には涼しい風が吹き込み、さわやかな涼気で気持ち良い。寝ころびながら隣の部屋から聞こえてくる若い女性の歌声にうっとりしたものである。当時よく唄われた歌は「風は海から」「南の花嫁さん」「勘太郎月夜唄」などであった。

工場近くに千葉街道があり、都心から小松川大橋を渡り、千葉市川方面へ向かう立派な軍用道路である。二階の休憩室から見ていると、軍用トラックやオートバイ、それに赤い小旗を立てた黒い乗用車が忙しく走っている。赤い旗は佐官級の将校が乗車していることを示し、当時乗用車を利用できるのは軍人位であったと思われる。この頃軍の将兵は本土決戦に備え忙しくしているのに、この製菓工場の雰囲気は平和そのものであった。三ヶ月間の動員であったが楽しい思い出となった。

昭和二十年八月十五日その日はよく晴れた暑い日であった。天皇陛下の玉音放送を聞き日本が降伏したことを知った。この国はこれから先どうなるのかわからない。噂では男は皆、殺されるという流言まで広がった。事実前線における米兵の残虐行為は目に余るものがあった。異教徒に対するように日本人を動物以下に扱い、力尽きて捕らえられた日本兵に対する殺戮は、文字に表せない程残虐であったとリンドバーグは書いている。米軍が進駐してきて彼らがどのように振る舞うのかまったく予測できなかった。

しかし、一般市民は以外に皆落ち着いていた。八月十五日の正午を期し艦載機グラマンの執拗な空襲もなくなり、少しはほっとして、これからは学校で勉強できるようになると思った。けれどもそのようにはならなかった。占領軍が進駐してくるので道路を整備するようにとの上からの指示で、私たちは葛飾区青戸、立石、金町方面の道路補修に動員された。非人道的な無差別爆撃で残虐行為を繰り返したアメリカ兵を迎えるのに、道路整備する必要はないと思うのだが、迎える者の礼儀として、何事もきちんとしなければ収まらない日本人の律儀さだろうか。こんなこともあった、進駐軍の宿舎として校舎を使用することに決定され、机や椅子その他を少し離れた工場倉庫まで全校生徒で担いで運んだ。しかし翌日になって使用取り消しの通達で、再び運び、へとへとになった思い出がある。

道路整備といっても当時は資材もなく、穴ぼこだらけの道に小石と土で応急補修する程度であった。約三ヶ月位動員された。毎日コッペパンを半分ずつ支給してくれたが、戦争が終わってもこのように動員は続いていた。

級友は、皆明るく気心の知れた友達であり、教室で授業を受けるより楽しいと思った。ただ学力が遅れたことは確かである。もっとも明日はどうなるかわからない戦後の混乱期、落ちついて勉強できなかったことも確かである。第一、本屋も出版社もほとんど焼けて、教科書や教材を売っている店はない。その上進駐軍の指令で歴史、道徳教科書は廃止、国語教科書も多くの行を墨で黒く塗らされ、また教師自身もいつ公職追放されるかわからず、世の中がひっくり返ったような時代である。

この頃、新小岩駅周辺には闇市が立ち並び、ごった返していた。また駅から少し離れた所に進駐軍特殊慰安所が急遽つくられた。その頃は売春宿がまだ合法であった時代である。その場所は確かそのような施設はなかった所である。その慰安所は、学校へ通じる道筋に木造家屋で数軒建てられていた。ある日私たちグループが作業を終えその近くを通ると、カービン銃を持った黒人兵が、私たちに銃口を向け身構えた。近づいたら撃たれるかも知れないのでその場を離れたが、進駐して間もない占領軍兵士はまだ気が立っていた。ジープに乗り銃を構えている米兵は怖くはなかったが、駅のホームでカミソリを振り回す米兵の異常な目つきを見た時は怖いと思った。噂では米兵よりオーストラリア兵やカナダ兵、イギリス兵の方が手荒く、傷害事件を起こしていると言われていた。占領当初のいわば無法状態の中、発表されないが進駐軍兵士による多くの事件があったことは確かである。

占領軍が進駐し数ヶ月過ぎると、お互いに様子がわかり徐々に平和な雰囲気に変わっていった。建物のほとんどが焼けていた銀座、有楽町、また皇居前広場には進駐軍兵士が溢れ、そして彼らの相手をする若い女性が大勢うろうろしていた。彼女らは好きでしているわけではないが、皇居前広場が逢い引きの場所となり、夕暮れ時の広場で淫乱な情景を繰り広げていた。大和撫子の清純なイメージから離れ、敗戦国民の精神的頽廃と、生き延びるための生命力がそうしているのかもしれない。一方、進駐軍兵士は、日本軍のような軍律の厳しさはなく、至って陽気で戦争に勝利した喜びに浮き浮きしていた。

この頃流行した歌に〽泣けて涙もかれはてた　こんな女に誰がした……。菊池章子の「星の流れに」がある。また、占領下の虚脱状態を忘れ、少しでも明るく生きようとして日本中で唄われたのが並木路子の「リンゴの唄」であった。進駐軍は当初焼け跡にカマボコ型兵舎を建てていたが、その後代々木の練兵場跡、今の代々木公園、ＮＨＫ、国立競技場あたりに「ワシントンハイツ」と呼称した米軍将校用の真新しい住居群を建設した。また新宿区戸山や練馬区成増その他にも立派な住宅群を建設したが、いずれもその豊かな暮らしぶりは敗戦国民の憧れの的でもあった。電気工事の見学実習で成増の建築現場へ行った時、他では見られない建築資材が豊富に集積されていたのに驚いた。また、当時進駐軍の家庭で働くメイドさんは憧れの職業であり、優秀な女性が選抜されて就職していた。霞ヶ関の財務省ビルは戦火で焼けていたが、占領軍が婦人将校用宿舎に改修し使用していた。軍服を着た若い婦人将校が颯爽と出入りし、その顔には優越感が充ち溢れていた。東京駅前の丸の内のすべての建物や芝浦の海岸一帯は占領軍が占拠し、それらの建物の出入り口横にはドラム缶のような大きなゴミ箱があった。当時の日本人には食べられない真白いパンの耳が大量に捨てられており、衣服の汚れた戦災孤児や、大人たちまでそのパン屑を争って食べている光景を今でも思い出す。

敗戦国日本のこの惨状の記憶がある私は、戦争が終わって三十年後、ロス・アンジェルスに出張した時、目にした光景は感慨深いものがある。当時日本は焼け跡から奇跡的に復興し、高度成長を成し遂げ、経済大国として金余りの時代である。日本企業は米国主要都市の大きなビルを買い漁り、旅行者はティファニーで高級品を買い、各地のゴルフ場には日本人が溢れていた時代である。ロス市のリトル・トウキョウの一角に建ち並ぶ日本人用の真新しいマンション群。日本人だけが利用するという巨大なスーパーマーケット。そこに住む日本人の活き活きとした優雅な表情。そのような日本人の豊かな生活をじっと見つめているホームレス姿のアメリカ人たちがいた。この男たちは想像するに日本に占領軍として進駐し、意気揚々と振る舞っていた当時の自分たちの立場を想い、感慨深くじっと見つめているように思われた。時代は遙かに予想もしないように変わるものである。

八、占領時代

昭和二十三年三月関東第一商工学校（現関東第一高校）電気科を卒業した私は、明治大学専門部産業経済科に入学し、翌年新制大学制度に変わり法学部に進んだ。御茶ノ水駅近辺の商店界も大分復興し、神保町界隈の本屋街も少しずつ建ち始めていた。しかし、まだところどころ焼け跡の空地が残っており、明大の本館教室内の壁にも空襲で焼けた跡が見られた。

大学の入学手続きのための資金や制服を買うため、父は秋田の親戚まで行き、リュック一杯の米を背負って来た。それを売った金ですべて賄えた時代である。明大では学級委員や授業料対策委員、また全学連委員（当時はまだ概して穏健な団体であった）に選ばれた。他学部の委員に青年共産同盟に入会し、いずれは日本が社会主義国家になり、重要な地位につけるという誇りを持った学生もいた。日本全体がそのような左翼的雰囲気であった。ある時銀座通りで実施される労働組合団体のデモを見に行ったが、銀座通り一杯に組合員と赤旗で埋まった光景は、さながら日本は社会主義国家になったような様相を呈していた。いつもは占領軍兵士や女たちで賑やかな銀座通りも、その日は米兵の姿が見られない。衝突を避けるため恐らく進駐軍は外出禁止令を出し、兵舎で待機させていると思われた。GHQは占領政策として日本の民主化を進めるために、労働組合の育成に力を入れていた。それがまた巨大になり反米になることにも警戒していた。

大学での授業は休講が多く、図書館で過ごす日が多かった。経済学は本を読み自分で勉強しようと思えばできる学問であると勝手に思い込み、翌昭和二十四年GHQの一連の教育改革のもと新制大学制度に変更された契機に、法学部に進学した。しかし、大学四年のうち前期二年は教養学部であり、何となく気楽な気分で、授業を受けるより図書館で過ごす日が多かった。

その頃GHQは、戦時中の日本の指導者層を公職から追放する措置を順次発令し、追放は政官界、経済界、言論、教育界のみならず地方の市町村や小学校教員にもおよび、その数二十一万人の多数に達した。その中でも重要な人たちは刑務所に収容され、一方戦時中政治犯として獄中にいた徳田球一、志賀義雄その他共産党のリーダーたちがGHQにより解放された。また、中国にいた野坂参三などの共産主義者が日本に帰国し盛大に歓迎された。当時日本共産党は占領軍を解放軍と認識し、アメリカの占領政策に同調し、政治目的達成のため利用していたと思われる。

ＧＨＱによる公職追放――正しくは「好ましからざる人物の公職からの除去および排除」であるが、昭和二十年十月特高警察関係者六千人の全員罷免から始まり、本格化したのは昭和二十一年一月からで、軍国教育を行った教職員、職業軍人、国家社会主義団体員、金融および開発関係、占領地の行政職員、政官界の役職者、有力企業や言論・出版界の重職、そして市町村長まで軒並み追放の対象となった。また、特に注目すべきは大学教授など高等教育関係者の大量追放である。大学教授は短期間で補充できるものではなく、ＧＨＱはその補充として左翼系の学者や韓国、朝鮮人を採用するよう指令した。現在も多くの大学に韓国朝鮮系の教授がいるのはそのためである。またＧＨＱは、公職追放該当者の摘発に当たっては左翼系団体からの告発を活用した。そのため二十一万人追放という膨大な公職追放となり、要職の入れ代わりに大きな混乱を生じた。追放されると地位を追われるだけでなく、将来も公職に就けず、退職金や年金、さまざまな手当も受け取れない、追放された人の中には就職もままならず生活に困った人が多い。

焼け跡の廃墟から日本企業も少しずつ復興したが、またこの頃労働組合によるストライキも到るところで頻発した。さらに昭和二十二年二月、共産党は全国規模のゼネストを計画し、吉田内閣の退陣を迫った。この時共産党の目指したのはソ連の支持を得た人民政府の樹立であり、革命であった。これまで労働組合運動を支援していたＧＨＱは危機感を抱き、最高権力を発動し、命令によりゼネストを中止させた。もしこの時ゼネストが決行され、日本全国の官公労を含む全労働組合が一斉にストライキを実施していたならば、日本は社会主義国になっていたか、あるいは全国的な混乱で占領軍と対立し、戦後の歴史が変わっていたと想像する。そしてこの頃を期してＧＨＱの公職追放の旋風は大きく変わり、日本共産党幹部を指名して追放するいわゆる「レッド・パージ」となって表れるのである。また共産党は占領軍を革命のための解放軍と見做していたが、この頃から反米闘争に変わることになる。

昭和二十年天候不順で米は凶作、旧植民地からの輸入も断たれ、外地からの大量引き揚げ、荒れ果てた農地そして大量の失業者など、ＧＨＱは「日本人は一千万人が餓死するであろう」と予測した。しかし、日本人を救ったのは戦時中戦闘機用燃料に混用するため全国に栽培された「さつまいも」であった。さつまいもにより日本人は生き残ったと言っても良い。当時休日には、東京から食糧買い出しに百万人の人が千葉、茨城方面に出掛けていたと言われている。そして第二はアメリカからのララ物資の援助である。これは有償でありその代金は後日完済されている。

多くの国民は空襲で家を焼かれ、住む家もなく、着る衣服も汚れ、働く職場もない、第一お金もない（預金は封鎖され、新円の引き出しは毎月一世帯当たり五百円に制限されていた）。隣組の制度はＧＨＱにより解体させられ、配給組織が失われた中、ララ物資やさつまいもがどのように配給されたのか不思議である。廃止されたとはいえ隣組の精神が生かされ、助け合い協力の心があったからこそ、混乱もなく平穏に配給が行われたものと想像する。もっとも配給だけでは到底足りず、駅周辺にできた闇市で買ったり、買い出しに出掛けたり、あるいは隣近所で物々交換するなどして食べ物や生活用品を賄っていた。

ＧＨＱは占領政策の中で特に軍国主義・国家主義の根源を絶つ目的で、教育に関する各種指令を都道府県を通じ通達した。まず学校教科書の国語、歴史、地理、音楽、図画ばかりでなく「君が代」の歌詞まで墨で黒く塗るよう指示し、それでも不充分ということで昭和二十年十二月修身、歴史、地理の授業を停止するよう指令した。また米国の教育使節団が来訪し、教育の民主化のための報告書がＧＨＱに提出され、六・三・三・四制の確立、男女共学、教育委員会制度など新しい学制が施行されることになった。一方、教職員関係の追放は、昭和二十二年四月までに五千人が追放されたが、それ以前に約十一万人が教育界を去ったと記録されている（中央公論社著『昭和時代　敗戦・占領・独立』）。

六・三・三・四制の制度は、昭和二十二年から順次スタートし、新制大学制度は昭和二十四年からスタートした。従来の大学予科や専門部の制度が廃止され、新制大学四年の前半二年が教養学部となった。大学では休講も多く、私は図書館で過ごす日が多かった。静かな図書室で本を借り、空いている席を探し、静かに座ると何か満たされた気になり幸福を感じた。これが大学の雰囲気というものであろうか。

静かに机に座るといろいろなことが頭に浮かんだ。東京裁判では人道に対する罪とか、平和に対する罪など根拠もなく新たな罪状を作り日本を裁いているが、日本の何十倍、何百倍と大量殺戮を行い、一般市民を無差別に虐殺した米軍は何一つ裁かれていない。戦いに敗《やぶ》れた者だけが断罪される。そして日本のマスコミは戦勝国の手先となって自分の国を告発している。何とも遣り切れないものがあった。

第三部

九、日本建国の歴史

ＧＨＱは、日本の教育の民主化という目的で教育改革を実行したが、それはあくまで表向きであり真の目的につき少し書いてみたい。まず昭和二十年十二月歴史教育の授業を禁止し、さらに古事記、日本書紀の使用を禁止、その上でＧＨＱは、昭和二十一年九月日本史教科書「くにのあゆみ」上・下巻を作成し、それに基づく教育を指示した。その教科書の内容は、日本解体思想、中韓隷属史観、天皇否定、アイヌ・琉球・沖縄の記述を異様な程多く取り入れ、日本に対する憎しみや破壊感情そして侵略国家であるイメージを子供たちに植えつけることを目的としている。また中国、韓国、朝鮮を日本の上位に位置づけ、マルクス主義的な歴史観、階級闘争史観、日本悪玉論で書かれている。すなわち子供たちが自分の国に誇りを持てず、将来再び日本が強国になり米国の脅威にならないように教育しようとしていることがわかる。また、わが国の歴史が根本的に変えさせられたのは、ＧＨＱが古事記や日本書紀の使用を禁止したため、全く伝聞で書かれた「魏志倭人伝」というあやふやな中国の歴史書に基づかざるを得ず、大和王国が邪馬台国となり、日皇子《ひみこ》または日巫女《ひみこ》が卑弥呼と卑《いや》しい国に変えさせられたことである。

さらに聖徳太子以前の歴史が学校教科書から削除され、わが国の歴史の半分が否認された。

この歴史教科書の改正については「新しい歴史教科書をつくる会」その他が活動し、新しい歴史および公民教科書をつくり、文部科学省の検定に合格している。けれども採択に当たっては、日教組、マスコミ、労組、韓国の組織的妨害により、また、全国採択区の教育委員の過半数が日教組系で占められており、現状では新しい歴史教科書の採択は極めて僅少に滞まっているのが実情である。

戦争に負け、日本の歴史がＧＨＱにより二千六百年余から一千三百年余に半分に否認され、聖徳太子以前の歴史は学校教科書から削除された。このことにつき、森清人氏の『建国の正史』を引用し記述してみたい。

日本書紀によれば第一代神武天皇が奈良橿原の宮において即位されてから、今年で二千六百八十三年（令和五年）になる。私達の年代で記憶にあるのは、昭和十五年に紀元二千六百年の祝典が全国的に盛大に挙行された思い出である。

しかし、敗戦後わが国の歴史を全面否定する紀年否定説が、マスコミや進歩的文化人によって派手に叫ばれ、紀元二千六百年は嘘で六百六十年の故意の延長がある。神武天皇は実在しない人物であり、聖徳太子以前の人物は全くの伝説であるという、日本の歴史否認の時流が忽ち広がった。これは歴史学者の主張というよりＧＨＱの後ろ盾を得た羽仁五郎（社会党国会議員）をはじめとする左翼系政治家の学説であった。そうしてマスコミがこれをほぼ全面的に支持するように広めた。

日本の建国紀元が記録されているのは、日本書紀の巻三であるが、日本書紀は、古事記と共に七世紀後半に第四十代天武天皇の命によって「帝記」「旧辞《くじ》」を参考に、六人の皇族（草壁、大津、川島皇子など）と多くの学者が三十九年を費やして編纂《へんさん》した公式な正史であり、全三十巻と系図一巻からなる。古事記は、稗田阿礼《ひえだのあれ》と太安万侶《おおのやすまろ》が皇族や貴族の読み物として四ヶ月で完成した全三巻であるが、本文は非常に難解で、江戸時代本居宣長が読み解くのに三十五年費やしたと言われている。

日本書紀巻三に「辛酉《シンユウ(かのととり)》の年春元旦庚辰《かのえたつ》の朔《ついたち》、天皇橿原の宮において帝位につきたまふ、この年を天皇の元年となす。」と記され、この記述にもとづき最初に紀年問題を公にした人は、第六十代醍醐天皇の時三善清行《みよしきよつら》である。その後新井白石、本居宣長が神武帝即位につき記述し、明治時代に入って那珂通世《なかみちよ》博士が、日本上古年代考において日本紀年論を発表し、朝野の学者九十余名が一大紀年論争を展開した。論争の結果那珂説が多数の支持を得て、学会の定説となり定着した。（森清人著『建国の正史』）

しからば那珂説は神武元年をどのように定めたかというと、第三十三代推古天皇九年辛酉《かのととり》の年から一蔀《ぼう》二十一元（一元は六十年）前の初めの辛酉の年、すなわちその年から一千二百六十年前、辛酉の年の元旦を紀年元年と定め、元旦を太陰暦から太陽暦に換算し二月十一日と定めた。この説によると、神武天皇即位は西暦紀元前六六〇年となる。第三十三代推古朝九年を起点としたのは、日本書紀には年代が記述されておらず、推古天皇九年（辛酉六〇一年）は聖徳太子が暦日、冠位、憲法を制定した古代史上画期的な時期であることから推定されている。

敗戦後、占領軍により日本の歴史が否認され、また戦後の日本の歴史学界もそれに基づき紀年否定説を称え、神武天皇は神話の人であり、それに続く八代の天皇は系譜のみ記し事績が記されておらず、また神武天皇は百二十七歳、開化天皇百十五歳、崇神天皇は百二十歳と著しく長命であることから架空のものであるとの学説を広めることになった。

しかし、日本書紀巻一によれば「いにしへは同じ名を、幾代もつがせたまへりと見ゆ。……瓊瓊杵尊《ににぎのみこと》より後は同じ御一名にて、幾世続きませしやらんも知るべからず。……上も下も、父祖の名を襲ひ用うる事、上世より吾が邦《くに》の国風にして……」と書かれている。すなわち父祖の天皇の名を襲名し、二代目、三代目神武天皇が存在していたとも思料される。

歴史学者森清人氏の説によれば、日本書紀、古事記においてもっとも力説したいのは、皇室の系譜および皇位継承の記録であり、天皇の年齢ではなく不明空位の推定年数、あるいは比隣天皇の御宇年数の中に算入されている可能性がある、と。すなわち不明空位の天皇や、遺忘脱落の天皇の推定年数が加算されているのではないかと記している。また記録漏れか、故あって記録されなかったり、あるいは不称天皇すなわち皇太子が皇位を継承しながら、ある期間天皇と称されなかったり、また皇后が皇位を継承しながら天皇と称されなかったり、不明空位の年数や、遺忘脱落など日本書紀の記事には矛盾や相違があるが、長い年月の記録では当然のことであり、むしろそれこそ書紀の書紀たる所以であるとも記している。

全国各地には第一代神武天皇から第百二十四代昭和天皇まで連綿と続いた歴代天皇の陵墓、古墳が現に実在しており、そのことを認識し、世界に比類のないわが国の悠久の歴史を想い、それを堅持し、将来にわたり永遠に語り継ぐべきであると考える。

十、慰安婦問題

新聞報道によって重大な結果をもたらす例は他にも数多くあるが、中でも戦後長い間、朝日新聞が事実無根の従軍慰安婦問題を繰り返し報道し、現在なおわが国の立場を不利なものにしている事実は周知のとおりである。

慰安婦問題が話題になったのは、戦争が終わって三十八年後の昭和五十八年、吉田清治氏（共産党員で韓国生まれと言われている）の小説『私の戦争犯罪』刊行後であり、この作り話をマスコミ（朝日新聞）が事実のように報道したことで問題が広がった。そして日本政府がそれを否定しなかったことで問題をさらに広げた。その元凶は「河野官房長官談話」である。

朝鮮人業者が金儲けのため慰安婦を集め、軍の許可を得て兵隊さん相手の慰安所（当時は合法であった）を経営していたのが実体で、彼女らを日本の軍や官憲が強制連行したという証拠は何一つない。慰安婦たちの半数以上は遊郭で働いていた日本人女性で、彼女らの収入は当時の県知事の年俸より高給であった（当時の募集新聞広告）。このような朝鮮人民間業者による売春行為の営業に対し、日本政府が国家賠償問題としてなぜ対応しなければならないのか。それは、平成二十三年八月韓国憲法裁判所が、元慰安婦の賠償請求を巡る韓国政府の対応を違憲と判決したため、李大統領（当時）が日本政府に対し強硬に要請を繰り返すことになった。また韓国政府の工作により、米国議会下院をはじめカナダ、オランダ、ＥＵなど各国議会は慰安婦問題につき厳しい対日非難決議を採択している。このような情けない結果になったのは、従軍慰安婦の強制はなかったと、日本政府がはっきりと否定しないのが原因である。もっとも否定することを認めさせない日本の野党勢力、マスコミの強力な圧力があるためでもある。敗戦国とはいえ、こんな情けない慰安婦の問題が世界中に広まった理由は何だろうと考えるとき、ＧＨＱの占領政策、すなわち日本人に対し徹底した贖罪意識を植えつけたことが考えられる。アメリカは無差別爆撃により、一般市民を大量殺戮した違法行為を正当化するため、戦争に負け萎縮している日本人に対し、強制的に贖罪意識を植えつけた。その結果、日本人はすべては日本が悪いのだという卑屈な自虐史観に縛られることになり、従軍慰安婦問題は、事実でないのに戦後日本人の自虐史観により日本人自身が懺悔を込めて作り上げた産物とも言える。それを韓国が上手に利用し、国際問題へと発展させ、現在も米国の各州に、あるいは欧州諸国に慰安婦の少女像を建て、日本を非難する運動を官民一体となって推し進めている。しかし、敗戦国とはいえ、事実でないものに罪の償いをしろと言われても無理な話であり、償いの仕様がない。ことを荒立てないために日本政府が考えた「償い金」や「首相のおわび」の書簡は出すべきではなかった。「おわび」をすることにより、ありもしない罪を認める結果となった。はっきりと勇気をもって否定すべきであった。日本人は今後もこの「無実の罪」を背負って生きなければならず、日本政府が慰安婦問題の存在を明確に否定しない限り、この問題は永遠に続き、事実のように定着し、日本人はその屈辱に耐え続けなければならない。

それにしても、無責任な作り話を書いた吉田清治氏。また、ちぐはぐであやふやな証言を繰り返す韓国慰安婦。日本政府として謝罪を表明し強制性を認めることになった「河野談話」。そして昭和四十年日韓基本条約において解決していながら、再び平成二十八年十二月日本・韓国両政府間で最終的かつ非可逆的にこの問題を決着しておきながら、さらにまた慰安婦問題を振り返す韓国政府。そしてこの虚構の慰安婦問題を事実であるかのように長年にわたり告発してきた朝日新聞、その論説主幹であり、後に主筆となり、この問題を書き続けてきた若宮啓文氏（故人）に対し、私は「わが国の言論を代表する朝日新聞、そしてその論陣の代表者である貴殿は本当に従軍慰安婦問題を信じているのでしょうか、信じているからこそこのような記事をお書きになったことと思います……」の書き出しで、長文の手紙を送った。同氏からハガキで返信があり、慰安婦問題を追求するのは「当社の社是」である。と書いてあった。そしてその後、朝日新聞は従軍慰安婦報道の誤りを認める記事を大きく出した。しかし長年にわたりこの問題を報道し続け、世界中に虚構の罪を撒き散らした朝日新聞の罪は極めて重く、はかり知れないものがある。同社は報道を通じその罪を償うべきである。

十一、反日韓国

韓国の初代大統領李承晩は、大の反日家であり一方的に李承晩ラインを設け、ライン内で操業した日本の漁船計二百三十三隻を不法に拿捕し、漁船員合計二千七百九十一人を逮捕監禁した。内五人は韓国側の発砲により射殺されるなど拿捕事件が頻繁に発生していた。これに対し日本政府は抗議する訳だが、韓国側の態度は極めて傲慢であった。昨日まで同じ日本人として同胞として処遇し、莫大な予算を投入し、道路、港湾を整備し、田園地帯を開発し、数多くの発電所を建設、山間にまで電灯を灯し、朝鮮半島の近代化を進め投資したが、韓国はその恩恵を仇で返すように反日に変わった。日韓併合の合法性を否定し、侵略により植民地化されたと歴史を捏造し、反日感情を煽るようになった。太平洋戦争を共に戦い、同胞と思っていた隣人が急に豹変したかのようである。そして恰《あたか》も戦勝国のような振る舞いである。日本に対する優越感は韓国の学校教科書にも表れている。すなわち日本の伝統文化はことごとく韓国が教えたかのように記述し、例えば韓国の学校教科書では仏教、儒学、美術、音楽、医学、農業、柔道、空手、相撲、日本刀、茶道、生け花、和歌、日本酒に至るまで、すべて韓国が日本に教えたと記述している（松木國俊著『日韓併合が韓国を救った』）。一部には韓国から伝授されたものもあるが、何でそこまでウソを教える必要があるのだろうか。不思議である。日本はあたかも「永遠の敵」であり、日本の悪口を言えば「愛国者」と見なされるのであろうか。

スポーツを例にとっても、韓国のスポーツ紙は「日本は韓国にとって最大のライバルであり、スポーツ競技で韓国とぶつかれば、日本はどんな汚い手を使ってでも勝とうとする卑怯な国である」と報じている。二〇〇八年のフィギュアスケート世界選手権の時に、韓国のキム・ヨナ選手が「日本の選手がいつも練習を妨害する」と韓国テレビSBSが報じ反日感情を一気に煽った。キム・ヨナ選手が「選手の数が多くて練習しにくかった」と言ったことを、同テレビは「日本選手が妨害した」と報じた。日本の浅田真央選手を陥しめる策略と思われるが、平気で誤報を流し、それも度が過ぎている。これに対し日本側は紳士的に抗議する訳だが、善意が通じる相手ではない。なぜこのような偏見を持つようになったのであろうか。韓国人の国民性にもよるが、三十六年間日本に支配されたという屈辱感。また日本側は統治していたという懺悔の気持ち。というより敗戦国民の萎縮した気持ちが弱腰になっているのではないだろうか。

列国の支持を得て合法的に日韓併合し、朝鮮半島開発のため、莫大な援助や投資した訳であるから卑屈になることはないと思うが、日韓併合の正しい歴史や、開発のため多くの事業を行ったことにつき日本国民は知らない、あるいは教育されていないことに原因がある。朝鮮人「強制連行」とか「創氏改名」の強制も歴史偽造であることは確かである。

終戦後、いち早く一方的に李承晩ラインを設け、その近辺で操業する日本漁船を不法に拿捕する韓国に対し、その釈放を求め抗議する訳だが、韓国側は日本政府の要請を無視し、多額の罰金や禁固刑を課し、また漁船を没収した。それに対しわが国は有効な対策も採れず、いわゆる弱腰外交に終始せざるを得ないのも、憲法九条の規定により武力の行使を禁じていること、また相応の防衛力を持つことを禁じられていることなど韓国側に見透かされていることは明らかである。

またこの頃、北方領土近海においてソ連官憲による日本漁船の拿捕事件が頻発していた。ソ連に対する日本の外交折衝は韓国に対するものと似たようなものであった。ただソ連の官憲は見境もなく発砲するので、特に船員の生命の安全を強調し船員の即時釈放を要請するが、理由もなく長期に抑留された。ソ連側は主に罰金目当てで拿捕している節もあり、領海侵犯には当たらない事例でも多額の罰金を要求した。いずれにしても戦後間もない時期、わが国は実力を行使することもなく、どのような場合でも人命優先を第一として折衝する以外に方策はなかった。

先に記したように、なぜ韓国は居丈高に日本漁船を拿捕し、また竹島を占拠し、その後も現在に至るまで事ある毎に日本に反発した行動を取るのであろうか。一説によるとアメリカの政策ではないかと言われている。米国は日本弱体化政策の一環として反日的な韓国を利用し、反日工作を行わせているのではないかとの説である。占領中日本の主要大学に韓国人教授を採用させ、現在なお続いているのもその一例である。

アメリカはさきの大戦で日本全土を焼き払い、原爆までも投下して日本人皆殺し作戦を実行したことにより、欧米人の感覚からすれば復讐されるのは当然のことと恐れていた。いずれ日本は報復するだろうと強い警戒感があった。そのためあらゆる対策を講じた。まず憲法の規定で一切の戦力を保持することを禁じ、また国家固有の権利である自衛のための交戦権までも認めず、そして、日米安全保障条約により日本の防衛を維持するためには米国に頼らざるを得ないようになっている。その上で米国が最も強く監視しているのは日本が原爆を作ることである。常時四十人の専門家が日夜監視していると言われている。トランプ大統領が北朝鮮に対抗し日本も原爆を作るべきだと発言し、それを撤回したが、彼はこれまでの米国の対日政策を知らないためだと思われる。

十二、陸上自衛隊幹部時代

私が外務省を辞め自衛隊に入隊した理由であるが、いろいろなことが考えられる。わが国は、さきの大戦で徹底的に破壊され大敗し、占領軍により陸海軍は武装解除され一切の戦力を放棄した。そして日本を占領統治したのは、主として米英をはじめとする西欧諸国であった。しかし戦後の混乱期、ソ連、中国の社会主義国は共に手を握り同盟関係となり、世界制覇の野望で強力な勢力となっていた。その脅威は敗戦国日本にもひしひしと押し寄せていた。この上さらにソ連、中国に侵攻されれば、日本は完全に滅亡する状況であった。また当時の日本の国情は、いつ社会主義革命が起きてもおかしくない混沌とした情勢であった。満洲引揚者の言葉を借りるならば、ソ連軍の乱暴狼藉には目に余るものがあり、もし日本に侵攻してきたら引揚者は皆銃を採って戦うだろう

陸上自衛隊幹部時代
豊川にて（著者）

と言っていた。確かにソ連兵の暴行略奪は酷いものがあった。日本は西欧列強に占領され、無防備となった。その状況でソ連、中国が連合して侵攻することになれば、ひとたまりもなく制圧され、悲惨な状況になる。やはり侵攻の野心を起こさせないためにも自衛の力を持つべきであると思った。

また、当時韓国の横暴な振る舞いは許せないことであった。合法的な日韓併合条約により昨日まで日本が統治していた韓国が、一方的に李承晩ラインを設定し、わが国固有の領土である竹島を占拠し、多くの漁船を不法に拿捕し、わが国の抗議の要請をまったく無視していた。この韓国の横暴な振る舞いに対し、わが国が何もできないのは武力を持たないからであり、やはり自衛のための武力を持つべきだと思った。以上は日本を取り巻く当時の状況であるが、私個人の体験として、これは戦前の教育の影響もあるが、軍事を学ぶこと、そして規律ある軍隊生活を体験したいと思っていた。また、当時私は勉強に無理を重ねていたこともあり、体力的に不健康になっていた。引揚調査室時代に肋膜《ろくまく》を患ったこともあり、どこか広々とした野原でのびのびと過ごしたい気持ちがあった。そしてこの自衛隊入隊の経験が、六年後外務省に戻り、在外勤務において極めて役立ったことは確かである。南米移住者に対する教育訓練、キューバには二回勤務、そしてボリヴィア、グァテマラ、ウルグァイなど問題のある国に勤務し、自衛隊において学んだこと、体験したことが非常に役立ったことは確かである。特に情報の収集と分析、そして何よりも状況の判断能力、状況の判断を誤れば多くの部下の命を失うことになる。この状況の判断は、一般社会においても大切なことであるが、自衛隊幹部学校中級課程において徹底的に教えられた。また戦争の実態はどうなのか、そのための抑止力はどうあるべきかにつき深く学んだ。

さて、私は自衛隊に入隊することを両親に告げると、折角外務省の常勤職員に採用されたのにと強く反対した。また職場の上司や同僚もびっくりしたように驚いた。無理もない、当時自衛隊に対する国民感情は極めて悪く、なぜ行くのだろうと不思議に思ったようである。

昭和二十五年朝鮮戦争が勃発し、日本に駐留していた米英軍その他の連合国軍が朝鮮半島に出兵し、その穴埋めとしてGHQの指令により警察予備隊が創設され、それが保安隊となり、同二十九年六月防衛二法が成立し自衛隊と改められた。まだ防衛大学の卒業生がいない時代、自衛隊の最初の幹部候補生募集に応募し、福岡県久留米市の陸上自衛隊幹部候補生学校（旧陸軍の予備士官学校跡）に入校した。全国各地の一般大学卒二百名が入校し、朝六時起床、夜十時就寝まで九ヶ月間の訓練と座学はきびしいものであった。ただ毎日午後七時から九時まで教室で自習していたことを懐かしく思い出す。同校で初級幹部として必要な基礎的教育訓練を受けた後、各職種（普通科、特科、特車）に分けられ、職種毎の専門教育を受けるため、富士山麓にある富士学校の幹部初級課程（三ヶ月間）に入校した。私は特科（砲兵）であったので、二十八名の同期生と共に操砲や砲術など、隊員の教育訓練に必要な知識や実技を専門的に学んだ。同課程を修了後三等陸尉に任官し、姫路市の第三特科連隊第三大隊第七中隊に配属になった。中隊は隊員百四名、幹部三名、大砲六門、車両二十二両であった。隊員に米国製十吋砲の操砲訓練、カービン銃の射撃、陣地構築、通信その他射撃中隊として必要な訓練を実施し、また前進観測幹部や射撃指揮班長として服務した。二等陸尉に昇進し、富士学校幹部中級課程（五ヶ月間）に入校し、砲術全般についてさらに専門的に学び、小型偵察機に搭乗し、上空から火砲に対し射撃命令を伝達する空中観測射撃の技術も修得した。昭和三十二年部隊が宇治市に移動する頃は、戦砲隊長としてまた訓練幹部の中堅として隊員の教育訓練に当たっていた。さらに富士学校でレーダー幹部の教育を受け、戦場で一番多く被害を受ける迫撃砲の発射地点を、レーダーで探知する技術を修得した。その頃防衛大学を卒業した新任幹部が一線部隊に配属になり、彼らに砲術や対迫レーダーの教育を受け持ったこともある。

旧日本軍時代、姫路の砲兵と言えばその優秀さで知られており、時代が代わっても姫路の第三特科連隊はその伝統を受け継いでいた。

毎年実施される東富士演習場における模範火力演習。最近は「富士総合火力演習」と称しているが、防衛省上層部、各国駐在武官、報道関係者を招待し盛大に行われた。昭和三十一年の同大会において、私は前進観測幹部を命じられ、大隊全火砲十八門の射撃指揮で、砲弾の破裂高が一線に揃うなど、見事な一斉効力射を行い好評を博したことがある。

また、同年の第三管区秋季大演習において、善通寺普通科中隊に前進観測班長として配属になり、中国播磨山地七十七キロにわたる峻険な山岳地帯を踏破、対抗部隊の背後に迂回し、無線にて所属大隊火砲に的確な射撃要求を行い任務を完遂した。その行動は他の模範と認められ第三管区総監より表彰された。その表彰碑が、姫路の第三大隊隊舎前につくられたと聞いている。しかしその表彰令達一ヶ月前に、私は新たに編成された第十特科連隊所属を命じられ、宇治市に移動しており、その記念碑を見ていない。一度見に行きたいと思いつつ月日が過ぎてしまった。

宇治市大久保駐屯地に勤務していた頃、伊勢湾台風により多くの死傷者が出て、その救援のため部隊の大半が出動し、私は当直幹部として残留していた時のことである。近くの小学校の裏山が崩れ、教室に土砂が流れ込んだのでそれを排除して欲しいとの要請があった。駐屯地司令の命令で、私は三十名ばかりの隊員を連れて同校に向かい土砂の排除作業を行った。作業は午後一時位で終わり、校庭で休んでいると、校長先生がお礼の挨拶をし、感謝の印に子供たちの劇をお見せしたいと言うので、隊員を連れて講堂に入った。

講堂には生徒五十名位、教職員二十名位が椅子に座っていた。私たちが前の方の椅子に座ると劇が始まった。低学年生二十名位の演劇で、いわゆる反戦平和をテーマにした戦争反対、軍備反対のストーリーであった。練習不足と見えてぎこちなさが目立ったが、劇を終えた子供たちのほっとした笑顔が可愛らしかった。このような劇を見ると、逆にこの子たちの平和を守らなければという気持ちが涌いてきた。私たちが講堂に入った時の教職員の冷たい視線、中には組合員の腕章をした職員もいた。土砂崩れの被害はそれ程大きくないのに、私たち自衛隊を招き、子供たちの反戦平和の劇を見せることを目的とした反自衛隊工作の一環ではないかと感じた。私は若い隊員が嫌な思いをしたのではないかと心配したが、不快な表情を顔に表した隊員は一人もいなかった。私は劇を見せていただいた謝礼を言い「皆さんの平和の願いはきっと守ります」と挨拶し、隊員を引率し部隊へ引き揚げた。

昭和三十二年前後の国内状勢は、政治、教育、マスコミ、社会全般にわたって反自衛隊の時代であった。特に国民に大きな影響を与える大新聞やＮＨＫをはじめ民間テレビ局のすべては、反自衛隊の偏向報道を繰り返していた時代である。また旧日本軍についても事実に反する加害行為を平然と報道していた。そして当時の日教組は、広汎な組織力をもって毎日のようにどこかでデモ行進を行い、積極的に反自衛隊の組合活動を行っていた。その煽《あお》りで学校教育は混乱し、学級崩壊をきたす学校まであった。

このように反自衛隊一色の世の中で、隊員を教育訓練することは精神的にすっきりしないものがあった。いざという時このことが阻害し、任務遂行に支障をきたさなければ良いがと思った。しかし隊員は志願して入隊しているのでその使命はわかっており、社会全体が反自衛隊の中で逆に仲間意識が強くなり、同志的組織となっていたことは確かである。戦後は戦前のように学校教育で厳しく道徳教育が行われていないので、世の中は長い間タガが外れたように、締まりのない社会になっていた。そのような中で自衛隊における規則正しい生活が若者の育成に役立っていたことは確かであった。入隊してくる若者の中には親に反抗しどうしようもない若者や、また、なまくらで親としても手に負えない若者が入隊してくるが、入隊一年位で規則正しい生活に慣れ、実弾射撃を習得する頃には、一人前の道理をわきまえた男になり、親でさえ見違えるような人間になったと喜び、謝礼の手紙を送ってきた父親もいた。自衛隊員は、まず立派な社会人でなければならないという教育の成果と思われるが、これは、結果的に自衛隊が社会に貢献している一例かも知れない。

戦前、戦時中、私の知る限りの陸海軍の各種学校を卒業した軍人ならびに一般徴兵で入隊した兵士は、いずれも皆立派に教育され、尊敬できる人たちで、見るからに輝いていたことは確かである。

十三、憲法改正問題

昭和二十七年一月、韓国は一方的に「李承晩ライン」を設置し、竹島の実効支配を強行した。竹島は、江戸時代から日本の漁民が利用し、明治三十八年閣議決定で日本領に編入し、島根県の管轄下に入り、これまで韓国をはじめ近隣諸国から領有につき異論がなかった島である。昭和二十一年GHQの漁業区域を定めたマッカーサーラインでも、日本領として認められている。また昭和四十年の日韓基本条約においては、竹島について「調停によって解決を図る」と記されている。韓国の不法占拠につき日本は過去二回（一回目は昭和二十九年、二回目は同三十七年）国際司法裁判所に提訴しているが、韓国側が拒否し裁判は開始されていない。わが国は調停によって解決を図ろうとするが韓国側は応じようとしないばかりか「独島（竹島の韓国名）危機対応指針」をつくり実施し、また韓国軍は実効支配強化のための「東方計画」を策定し竹島の占拠を続けている。

わが国は、憲法の規定で国際紛争を解決する手段として武力の行使を永久に放棄すると宣言した。従って自国の領土を保全するため実力を行使できない。竹島を占拠されても武力をもってこれを排除できない。もし武力を行使したならば、日本の市民団体が憲法違反として提訴することは明らかである。国際司法裁判所に訴え解決しようとしても韓国は裁判を拒否している。従って韓国が話し合いに応ずるまで待つしかないが、その間に韓国は着々と実効支配を固めることになる。

平成七年、中国の李鵬首相がオーストラリアのキーティング首相に対し「日本は二十年後には消えて無くなる。国家の体をなしていないから」と言った。その理由として日本国憲法九条を挙げた。憲法の規定で国の交戦権を認めていない。従って戦わずして降伏することしか施策がない。すなわち国家として第一の務めである国防を放棄した訳で、「国家の体をなしていない」という訳だ。

日本を無差別に徹底的に破壊し、多くの日本人を殺戮したアメリカ軍は、彼ら西洋人の考えからすれば日本はいずれ必ず報復するだろうと考え、それを阻止するための方策として、日本国憲法で戦争を放棄させた。すなわち今の憲法は占領軍の押しつけ憲法であるが、日本の学校教科書では日本人が自主的に制定したように教えている。それは、占領中に制定した憲法は、国際法で無効であると規定していることから、ＧＨＱはそのように認めさせる必要があった。

憲法九条二項は「陸海空軍の戦力は保持しない。国の交戦権はこれを認めない」と明確に規定しているので、中国の李鵬首相の言うように国防を放棄し、国家の体をなしていない訳である。日本政府は拡大解釈し、自衛権までも放棄したものではないとして、昭和二十九年「自衛隊法」を制定し、陸・海・空自衛隊を設立編成した。しかし国会答弁ではいつも苦しい答弁を強いられている。そして憲法改正の必要性を痛感しながら、野党はじめマスコミ、市民団体などの護憲勢力が強大であり、また硬性憲法のため戦後長い間改正することはできなかった。独立国家として自衛のための戦力は絶対に必要であるが、憲法で禁じられているため「自衛隊は戦力ではない自衛力」だと無理な解釈をせざるを得ず、長い間苦しい答弁を繰り返してきた。そろそろ自主憲法を制定し不毛の憲法論議に終止符を打つべきである。

占領中GHQは、憲法の成立過程を報道することを一切禁止し、また、その後も長年にわたり日本のマスコミは憲法の成立過程を報ずることはなかった。GHQが頑《かたく》なに報道を規制した理由は、新憲法は戦時国際法に違反して作られているからである。ハーグ陸戦法規第四十三条の規定すなわち「被占領国の根本規範（憲法）を改正する権限までも占領軍は有しない」という規定である。占領中に被占領国の憲法を改正または制定することは国際法違反になるということである。また、日本が受諾したポツダム宣言は、日本国民の自由意思に基づく憲法制定を保証すると定めている（同宣言十二）。そのためGHQは、当時憲法に無関心だった日本国民を啓蒙する意味も含め「新しい憲法　明るい生活」と題し、戦後の深刻な紙不足にも拘わらず、日本政府に二千万部を印刷させ全国の家庭に配布した。その要旨は「今度のあたらしい憲法は、日本国民が自分で作ったもので、日本国民全体の意見で、日本政府が自主的に原案を作成し、天皇が発議し、議会の審議にかけ成立したものであります」と書いてある。しからば実際に憲法制定の実態はどのように行われたのであろうか。

その実態を要約すると、幣原《しではら》首相の提示した日本案すなわち国務相・松本試案をGHQのマッカーサー元帥は認めず、これを拒否し、ホイットニー民政局長に対し憲法草案を早急に作成するよう命じた。同局次長のケーディス大佐が主体となり、日本人専門家の参加を認めず、部下の軍人二十五名により実質七日間で憲法草案を作成したのが実状である。

この草案をホイットニーは、吉田茂外相に示し「この案を受け入れなければ、天皇を戦犯として告訴する」「あたな方が生き残る（権力の座に）ただ一つの道だ」「これを受け入れれば日本が自由になる日（講和）が早まるだろう」などと脅迫し要請した。天皇を守り、早く講和条約を結び独立したい日本政府は、やむなくこの草案を受諾した。

新憲法は昭和二十一年十一月公布され、その翌年一月マッカーサー元帥から吉田首相あてに一通の手紙が届いた。その内容は「新憲法を施行後に再検討し、改正しても構わない」というものであった（『昭和時代　敗戦・占領・独立』中央公論新社）。なぜ「マ」元帥がそのような手紙を出したのか、それはＧＨＱ主導で行った憲法制定につき、極東委員会（戦勝国代表で構成されたＧＨＱの上部組織＝ワシントン）が新憲法を批判し、昭和二十一年十月極東委員会が新憲法を再検討すると決めたことにより、マッカーサーが対応を迫られたためと思われる。これに対し吉田は、確かに拝受致しましたとだけ返答している。

私は、ある新聞で読んだのだが、確か駒澤大学の西修名誉教授だと思うが、憲法草案作成に携《たずさ》わった元アメリカ軍人を訪ね、インタビューした記事で、彼らは一様に憲法は暫定的なものと思っていたとか、六十年経った今も改正されていないことの方が驚きであると証言している、と書いている。

また、大月短期大学名誉教授小山常美氏は『憲法無効論とは何か』の中で次のように書いている。「ハーグ陸戦法規第四三条によれば、占領軍司令官に現行法をそのまま尊重する義務を課しているが、絶対的の支障がある場合には、同司令官が占領期間中の暫定法をつくることは許されている。従って、絶対的の支障が何かを示せれば、日本国憲法を占領下の占領管理基本法あるいは暫定憲法としては有効なものだったと位置づけることはできる。日本国憲法が占領管理基本法あるいは暫定憲法として有効だとすれば、当然に昭和二十七年の占領解除と共に、日本国憲法は法として失効する。これに対して、絶対的の支障が何か示せない場合には、日本国憲法は占領管理基本法としてさえも無効な存在となり、あらゆる意味で無効となる」と、無効の理由を述べている。

現行憲法が制定された当時は、都市という都市、町や村まで破壊され、一面の焼け野原で、ポツダム宣言を受諾して敗れ、いわば「一億総捕虜」の時代。国民は戦争に対する深い反省もあって、GHQ主導で制定された新憲法を承認せざるを得ない状況であった。もちろん多くの国民はその成立過程を深くは知らない。戦後七十余年、国民のたゆまぬ努力によって奇跡的復興を成し遂げ、世界第二位の経済大国に発展し（現在は第三位）、国民生活が豊かになった今、国民の平和な暮らしを守る法整備を行うことは国家として当然の責務である。国土や国民の生命、財産を守ることは国家の務めであるが、現憲法は戦力を保持することを許さず、国家固有の権利である国の交戦権も認めないと規定している。すなわち憲法の前文と第九条において、国と国民の存亡に関わる重要事項を自己決定できない体制になっている。武力の行使を永久に放棄し、自衛のためといえども国の交戦権は認めないと明記されている。

自国の安全保障を他国に任せ、独立国家として重要な自国の防衛を他国に頼っている訳である。また国と国民の存亡に関わる重要事項を自己決定できない状況でもある。すなわち占領軍が「永久占領」を目的としてつくった憲法であり、自国防衛を他国に依存する「被保護国」の憲法でもある。

この憲法と日米安全保障条約に基づき、わが国は米国の被保護国として永久に存続する覚悟であるならば良い。しかし、普通の独立国家として存続するためには憲法を改正し、国土や国民の生命、財産を守るための戦力を保持することを憲法で認め、それを行使する判断も、自分たちでできるように憲法前文を改正すべきである。憲法を改正すればただちに戦争になるとの一部野党、マスコミの意見があるがまったく逆である。戸締まりしていなければ泥棒は侵入する。現憲法九条は、戸締まりをしていませんと公言しているようなもので、また進入しても追い払いませんと明言しているようなものである。備えあれば憂いなしと言うが、備えを禁じているのだから憂いがある訳であり、国民は安心できない。憲法の前文に「諸国民の公正と信義に信頼し、われらの安全と生存を保持しようと決意した」と明記しているが、そのように憲法に明記すれば国や国民の安全が保持されるのであれば誰も苦労しない。そのような国際社会は望ましい。しかし現実には自衛の戦力を保持していなければ安全は確保されない。もちろん一国だけで安全を確保できないこともあるので集団的自衛権での対応も考慮しなければならない。相互依存の関係では、すべて相手に依存し、わが方は戦力がないから何もできないということでは相手も協力しない、やはり国力に見合った戦力を保持し、協力することで、はじめて相互依存の関係が成り立つのではないか。

十四、思い出の京都

私は昭和三十四年四月京都市において田村郁子と結婚した。郁子は京都生まれの京都育ちで、祖父は「殿掌」という公家であったとか、伯母は極貧の公家といわれた桑原子爵と結婚、後に離婚し新しい夫と満洲へ渡っているなどの家柄であった。郁子は表千家流茶道師範、御幸流華道教授、しきなみ短歌会同人、久爾洋裁学校美学教師などの経歴があった。郁子は私より一つ年下で、宇治市大久保駐屯地の官舎で自衛隊幹部の奥様方に茶道や華道を教えていた。私が彼女と初めて見合いする場所が、京都市の有名な寺院の茶会であったことから、上司の奥様に急栫えの茶道を習い出席した。二・三回のお付き合いで結婚を決めたので、相手方はびっくりしたようである。式は京都嵐山の松尾大社で行い、新居は伏見桃山御陵の近くで、中庭の綺麗な旧家の離れ家を借りた。母屋にはこの家の年老いた母親と一人息子が住んでいた。息子は独身で教育委員会に勤めており、寝る前に毎夜のように仏壇の前でお経をあげ、敷き布団の周りに榊のような葉をまいて静かに就寝する人であった。

母親の話によると、戦前この離れ家には旧日本軍の大尉さんが住み、毎朝迎えに来る馬に乗り、伏見の工兵連隊に颯爽と出勤していたと、昨日のことのように懐かしく話してくれた。

そして終戦後は、進駐して来たアメリカ軍の若い将校が日本人女性と住んでいたという。大久保駐屯地は自衛隊の前は米軍が使用していた。同駐屯地には独身将校用個室（BOQ）があるのに、女と同棲するためにこの離れ家を借りていたと思われる。母親が言うにはその女の人は「ええとこの嫁さんで、何か事情がおわして、ききもせなかったが、だんなさんが戦地からおもどりにならないのか」身を隠すようにしていた、と話した。日本中が空襲で破壊され就職難の時代、生活に困って米軍将校のオンリーになったものと思われる。オンリーとは、戦争で焼け野原になり、住む家も食べるものもない戦後の混乱期、生きるために進駐軍兵士の相手になった女性たち、多くの兵士を相手とする売春ではなく、唯一人と関係する大和撫子の貞操ではなかろうか。そしてこのオンリーは、アメリカ兵と結婚し七千人以上が彼の地へ渡った。敗戦国の無法状態の混乱期、もちろんオンリーでない女性たちも大勢いたことは確かである。女は戦いに勝った男たちに身を寄せるのかも知れない。あるいは戦いに勝った男たちがそれを求めるのかも知れない。

私は、郁子と住むようになったこの借家の中庭を眺めながら、旧日本軍の大尉、敵国であるアメリカ軍の若い将校、そして自衛隊幹部の私と、時代の移り変わりの激しさをつくづく感じた。歴史を見ているというより、歴史の中に立っているような感覚であった。強大な帝国陸軍の華やかな時代を思い、また遙か遠いアメリカからやって来た敵国の将校が、この閑静な家に住んでいたことが不思議に思えた。軍人でなく一般民間人であればそれ程深くは考えないが、激動する歴史の移り変わりの激しさを、現実のものとして認識せざるを得なかった。

郁子と結婚する二年前、すなわち昭和三十二年二月、新しく編成された第十混成団所属となり、姫路の第三特科連隊から京都府宇治市大久保の第十特科連隊第一大隊に移動した。隊舎は米軍が使用していたものでよく整備されていた。また、京都は名所旧跡が多く、当直や演習のない日曜日には、京都見物に出掛ける日が多かった。よく出掛けたのは伏見桃山御陵であった。当時桃山御陵は訪れる人とてほとんどなく閑散としていた。御陵内には日露戦争で勝利した乃木将軍の有名な水師営の民家があり、感慨深く見学した。小学唱歌「水師営の会見」を思い出し、口遊《くちずさ》みながら散策したものである。〽旅順開城約なりて　敵の将軍ステステル　乃木大将と会見の……」両将軍は互いに和やかに会見し贈り物を交換したという。現在では考えられない情景である。

さて、部隊での訓練は、一週間程度の泊まり込みの演習は、滋賀県今津市饗庭野《あえばの》演習場（琵琶湖近郊）を使用した。また日帰りの訓練では、大久保駐屯地から車で二十分程の青野ヶ原演習場を使用した。京都は映画撮影の盛んな所で、時代劇のロケではこの演習場がよく利用されていた。ある時、大隊の検閲一週間前の総仕上げで、私の中隊が演習場を使用していた時のことである。映画のロケ隊も使用し、双方が入り乱れる状態になった。その日はたまたま中隊長に代わり私が訓練していた日であった。訓練を一時中断し、私はロケ隊の責任者の所へ駆けて行き、撮影の中止を求めた。しかし先方は予定を変更することはできないと強い態度であった。当方も重要な訓練であり、それに今日はロケ隊が使用するとは聞いていない。と言ったところ、ロケ隊は使用許可を取っていないこともあり、やむなく引き揚げることになった。その日のロケは、中村錦之助主演の時代劇で、私も彼の映画は好きであり、普通の訓練であったら場所を譲りロケを続けてもらうのだが、大隊検閲一週間前の大切な訓練であり、またロケ隊側は、自分たちはどこでも優先的に使用できるんだという態度が見えたので、私も強く主張した。しかし何か後味の悪いような複雑な気持ちであった。

中隊へ戻ってみると先任陸曹が「今日は駄目だね」と落胆したように言い、隊員は気が抜けたようにだらけた雰囲気であった。一週間後に大隊検閲を控え、気合いを入れて訓練しなければ間に合わないと思った。ここで引き締めなければと思った。しかし私は隊員を叱ることができなかった。他の幹部だったら厳しく、しかも上手に叱るのだが、私にはそれができない。叱ることが苦手であった。叱るべき時に厳しく叱らないのは、一人前の幹部とは言えない。けれども私は何も怒らないでも注意するだけで訓練の目的は達成できると思っていた。私は部下を訓練する時、いつも思い浮かべることがあった。それは以前見たアメリカ映画で朝鮮戦争の物語であった。二・三の米兵が命からがらやっとの思いで本隊に辿り着いた時、若い中隊長が、何もなかったかのように何も語らず穏やかな顔で彼らを出迎えた場面である。なぜか私はその中隊長の穏やかな顔を時折思い出す。どんなに苦しい状況下でも、部下の前では余裕をもって穏やかな顔をする。部下はその隊長の顔色をうかがい安心する。私は幹部としてこれは必要なことであると思っていた。

私は、中断した訓練を始める前に、いつもの穏やかな態度で陸曹を集め「検閲まで日数も少ないので気を引き締めて頑張ろう」とおざなりのことを言って訓練を再開した。

大隊検閲も概ね良好の評価で無事終わった。何事も善意をもって接すれば報われるの例えで、気持ちが通じ信頼されていれば良い結果が出るものである。「百年兵を養うは一日の戦闘にあり」という諺があるが、現在ではこの言葉は適当ではないかも知れない。しかし兵を休養させる、遊ばせるのもいざという時のために必要ではなかろうか。昭和三十五年三月、大久保駐屯地は新隊員教育隊の隊舎となるため、第十特科連隊は愛知県豊川市へ移駐することになった。豊川には施設部隊が現に駐屯していた。私たち所属中隊の入る隊舎は旧陸軍工廠の建物を間仕切りした殺風景な隊舎で、隊員は当初落ち着かなかったが、一ヶ月も経つと大部馴れてきた。どこの駐屯地でも同じだが一般隊員の食堂と幹部食堂は別であった。独身幹部で隊舎内に寝泊まりしている場合は、月に六十食までしか食べられない。もちろん料金は安いが有料であった。独身幹部時代ＢＯＱに寝泊まりし、朝食はクラッカーと牛乳（配達してくれた）で済ますことが多く、午前中の訓練に力が出なかった。しかし幹部の場合、立って見ているなど自分でコントロールできるので体力を使わないで済ませた。また浴場も幹部は別であるなど一般隊員とは異なる取り扱いであった。服装も最初は支給されるが、あとは自分で調達しなければならない。演習の時は隊員と同じように天幕で寝泊まりし、キャンプの気分で訓練するが、駐屯地では八時出勤、五時退庁で一般のサラリーマンと同じような勤務であった。

私の配属は特科中隊で、十吋砲六門（現在四門に変わった）を装備した射撃中隊であり、訓練幹部として隊員に大砲の操法、砲術、射撃、通信、観測、弾薬などの教育訓練を実施していた。また火砲、車両、通信機の整備を指導し、演習時は戦砲隊長として直接射撃号令を下し、またある時は射撃指揮班長として射撃図の作成、射撃諸元の決定、射撃命令の作成などの任務であった。私の中隊は実弾射撃において、特に近接精密射撃において確実に命中し、概ね良い成績であった。

自衛隊の隊員は、素直な隊員が多くよく協力してくれた。特に班長級の陸曹は、優秀で技術にも優れ、力強い共助を得ることができた。そのような訳で充実した楽しい勤務ができたと思う。検閲の訓練は厳しかったが、軍事的組織である以上当然のことである。自衛隊は、現憲法上戦争できない組織であり、表だった活動はできないことから、平和的な訓練にとどまっているが、一旦緩急の時はそうはいかないと思う。

原爆や水爆など巨大な破壊力の爆弾ができ、しかもそれが徐々に小型化され、また誘導弾や弾道弾が開発され、戦場の様相が恐ろしく変わってきた。核戦争となった場合極めて悲惨な状況になる。通常兵器における攻撃や防御がいくら上達していても対応できない。戦争が勃発し、これらの兵器を使用されることになれば、広島、長崎の例がある通り、想像を絶する被害をもたらし、世界の破滅となる。核戦争にならずとも一般的な戦争であっても、最近の兵器は極めて進歩しており、絶対に戦争を起こさせてはならない。しかし唯単に戦力を保持していなければ、戦争にはならないとは言い切れない。現実には抑止力としての戦力を保持していなければ安心できないし、国民の生命、財産は守れない。戦力を保持した上で外交折衝により、相互協調により、あるいは友好親善関係により領土、領海を保全し、国際紛争を起こさせないように努めなければならない。要は戦争にならないように最善の外交努力が必要である。

私は、自衛隊において多くのことを学んだ、幹部候補生学校、幹部初級課程、幹部中級課程までであったが、在職六年のうち三年近くは学生生活であった。情報の収集、状況の判断、各種武器・弾薬の取り扱い、砲術や戦術、観測や測量、後方支援など。そして自衛隊の組織全般を知ることができた。また訓練の実態や隊員の実状についても知ることができた。

三島由紀夫が、日本の国防を憂い、市ヶ谷の自衛隊に乱入し、割腹自殺したが、本当に自衛隊の実状を知っていたならば、自殺しなかったのではないか。三島氏に限らず多くの日本人は自衛隊の実状を知らないことは確かである。反戦平和の考えからあえて知ろうとしないのかも知れない。国民が自衛隊を知っていてもいなくても、あるいは反対しようがしまいが、自衛隊はこの国を守るため日夜努力を続けている。それは自衛隊の使命であり任務である。しかし、国民が自衛隊の実状を知り理解することにより、自衛隊の活動はより確固たるものになることは確かである。

第四部

十五、ボリヴィア在勤

私は昭和三十九年十二月外務省大阪連絡事務所から本省移住局総務課に転勤を命じられ、同課に二年四ヶ月勤務し、その後昭和四十二年四月在ボリヴィア日本大使館に赴任を命じられ同年五月着任した。一家四人、未知の国それも標高三千八百メートルの天空の都市ラパス市に赴任することになった。まるで別世界のような荒漠とした野原にラパス国際空港（四千八十メートル）はあった。高地のため地上より空気は六十パーセント希薄で、ヒヤッとして肌寒い、紫外線は強く、乾燥激しく、肌が痛いような感じである。殺伐とした空港に降り立った家内は、今着いたばかりなのに「日本へ帰ろう」と言った。二人の娘、長女は七歳、次女は三歳であった。真新しいお揃いのピンクの服が一際《ひときわ》目立ち、二人の娘は疲れも見せず、健気《けなげ》に歩いている。出迎えの現地職員二人が駆け寄り私たちの手荷物を取ってくれた。空港待合室には出迎えの大使館員や在留邦人が大勢集まっていた。皆笑顔で挨拶して下さり、何より嬉しく安堵した。

空港から市の中心に向かい下って行くと、アドベイの小さな家々は貧しく、市の中心近くになるに従い西欧風の家々が建ち並び、近代的なビルもある。街全体が何か地上とは違い別世界のような感じである。歩いている人々も、山高帽を被り民族衣装をまとったインディオの女たちが目立ち、男も女も全体的にドス黒い顔をしている。ただ白人系の女たちは極めてモダンなドレスを着ているなど、複雑な文化が入り混じっている感じである。娘たちは車の中から珍しそうに無言のまま見つめていた。

到着翌日に、外交団主催のバザーが開催され、日本大使館も出店しているので、早速家内はお手伝いを命じられた。家内は、まだスペイン語もわからず、長旅の疲れのままバザーのお手伝いである。他の館員夫人は、他に用事があるとかで途中から家内一人で立たされていた。バザーでは日本酒がすぐ完売となった。お酒を買ったのは主に在留邦人であった。

その次の日は、私たちの歓迎晩餐会で、これまた館員夫人たちは料理作りのお手伝いである。当時は、大使公邸でパーティがあるときは朝早くから館員夫人たちのお手伝いが慣わしであった。歓迎晩餐会では食事の後、食後酒のリキュールを呑みながら歓談し、そしてトランプや麻雀を夜遅くまで、時には明け方近くまで遊ぶ慣わしである。私はトランプを辞退し、車を飛ばし家に帰った。幼い二人の子供たちは、夜遅くまでおきざりにされ、まだ女中も決まっておらずどうしているか心配であった。家に着いてみると、薄暗い電灯の下、二人の娘はソファで抱き合って寝ていた。その顔は泣き疲れ、涙で濡れていた。私は二人の子供に毛布を掛けながら、これからの長い海外勤務の中で、一番犠牲になるのは子供たちと家内であると思い、出来る限りトランプなどの遊びには加わらないことに決めた。それには抵抗があったことは確かである。

当時は、現在のように日本人学校もなく、現地校に通う訳だがいきなり現地語、ボリヴィアではスペイン語の学校である。ただ子供たちは覚えるのは早く、三ヶ月位で子供たち同士話せるようになった。しかし、学校の授業で読み書きがわかるのは一年位経ってからである、二人の娘は、ミッションスクールのサクラダ・コラソンすなわち現地の聖心女子学院に入学でき、元気に通い始めた。朝はスクールバスで登校し、下校時は私が迎えに行き、途中ソフトクリーム屋に立ち寄るのが子供たちの楽しみであった。サクラダ・コラソンには、政府高官や資産家の子女が多く通っていた。外務大臣の子女も車で送り迎えされていたが、ボリビアでは大臣の交代が激しく、車は同じでも送り迎えされる子女は度々変わっていた。運転手は乗せる子供を間違えることもあるという。

ボリヴィアでの楽しい思い出は、土曜日には、必ずどこかの在留邦人の家でパーティが行われ、家族みんなが招待されたことである。招待されると贈り物を用意し、親子共

ボリヴィア・ラパス聖心女子学院にて
学園祭に着物で参加（二人の娘）

手造りの山車に乗って娘たちの広報活動（ボリヴィアにて）

に着飾って訪問し、楽しい一時を過ごす。ボリヴィアの在留邦人は一様に立派な家に住み、奥様は大体白人系の人が多く、恵まれた人たちであった。

パーティの終わりには、いつも決まったようにカルメンの踊りで盛り上がっていた。一人が闘牛士になり、一人が牛になり、一人がカルメンを演ずる。皆手慣れた踊りで上手である。別世界のような荒漠とした天空の都市で、このようにして在留邦人は親睦を保っているものと思われた。

在留邦人がここまで成功し、定着するまでにはいろいろご苦労があったことは確かである。ある邦人は、若い頃は道端に風呂敷を広げて物を売っていたと、また度々の革命で苦労したこと、第二次大戦中は敵国人として収容されたことなど昔話を伺った。なかにはゴム景気で財を成した人の二、三世や貿易で儲けた人もいるが、一様に成功したのはボリヴィアの国情もあるが、努力と信頼の実が結んだ結果と思われ、また日本人としての誇りと自覚、そしてボリヴィア社会に貢献している姿が認められたためと思われる。ただ外国において、日本人ばかりが集まり優雅な生活を振る舞うことは、厳に慎まなければならないことは言うまでもない。

私たち家族がボリヴィアに着任したのは、昭和四十二年五月であるが、その七ヶ月前、すなわち昭和四十一年十一月には、チェ・ゲバラは数名のキューバ人と共にボリヴィアに侵入、ボリビアおよびペルーの共産党員、またキューバ人の加勢を得て、東部サンタクルス州において総数百名足らずでゲリラ活動を始めていた。しかし、そのことはボリヴィア国内の新聞にはほとんど報じられていなかった。ボリヴィア政府や軍は、ゲバラのゲリラ活動を情報として把握していたが、クーデターの多いボリヴィアでは、他国者《よそもの》の活動を無視したかのようにゲバラと現地政府軍との小競り合いはほとんど報じられていない。

ボリヴィア大統領府にて
三列目左端＝著者

ゲバラが、チュキサカ県ユーロ渓谷で、足を負傷し捕らえられた昭和四十二年十月七日までの約十一ヶ月間、現地ボリヴィア軍との間では小さな戦闘は度々あったが、決定的な大きな戦闘に発展しなかった。それはゲバラ側の勢力が小さく、また正面切った戦闘では地の利を得た現地軍に勝ち目があり、逃避行を続けていたためでもあるが、何よりも政府の報道規制によりマスコミが取り上げなかったことで、学生運動や労働組合の活動に連動しなかったためと言える。そのためゲバラ側は、ジャングルや山岳地帯に身を潜め、逃避行を続けながら隠れるようにゲリラ活動を続けていた。十一ヶ月間の度々の小競り合いは、大体密告による戦闘であったが、ゲバラ側はその間に四十名の戦死者を出している。戦死者の国籍はボリヴィア人、キューバ人、ペルー人などでドイツ人一人も含まれていた（チェ・ゲバラ著、三好徹訳『チェ・ゲバラの声』ゲリラ戦士名簿）。

昭和四十二年十月七日、チェ・ゲバラは十七名の同志と共にチュキサカ県ニャンカウアス、ユーロ渓谷を通過しているところを政府軍の待ち伏せに遭い、ゲバラは足を負傷し歩行困難となり捕らえられ、イゲラス村へ運ばれた。その二十四時間後にレンジャー部隊のミゲル・アヨロ少佐が下士官のマリオ・テランに命じ射殺した。上司のアンドレス・セルニチ大佐は、戦闘中に戦死したことにするよう命じ、そのように新聞やテレビで報道されたが、巷《ちまた》ではそれを否定する噂が流れていた。新聞記事にはチェ・ゲバラの遺体が上半身裸で寝かされ、髭《ひげ》ぼうぼうの顔の写真が大きく一面に載っていた。

在ボリヴィア時代の著者と家内（大使公邸にて）

レセプション前に勢揃いする館員と日本人会のご婦人たち
（ボリヴィアにて）

ボリヴィアでは革命やクーデターは年中行事のようにあり、それによって政権交代が行われるので、ゲリラ活動はそれ程大きくは扱われていない。ただ当時は学生運動や労働組合活動が活発で、それらの勢力が団結し、強力な勢力となっていた場合にはまったく違った結果となっていたと思われる。そしてキューバ革命のように成功していたかも知れない。そうした状況の場合、ソ連（当時）が隠に陽に介入し、中南米情勢ひいては世界の状況が大きく変わり、危機的状況に陥っていたかも知れない。

チェ・ゲバラが思い描いた革命の理想が果たされず、辺境のボリヴィアの山奥で無念の死を遂げたゲバラは、死の直前何を思っただろうか。革命の厳しさ難しさを嘆いたかも知れない。かつてフィデル・カストロが、生き残った十六名と共にシエラ・マエストラの山中へ逃げ込み、山腹の隠れ家から、ラジオを通じアメリカ市民にキューバの窮状を訴え、遂にはバチスタ政権を追い出し、キューバ革命を成功させたようにはならなかった。革命を成功させるにはいずれの場合でも市民の協力を得、大きなデモに発展しなければ成功は難しい。しかし、革命（レボルシオン）で多くの血を流し、市民が幸せになるかというとこれまた難しい。むしろ国の経済が破綻し国民が貧しくなるのが実情である。キューバではゲバラの不運の死の一年後、ゲバラの死を悼《いた》み全国民揚げて盛大な葬儀が行われた。理想の革命家としてまた革命の英雄として、今なお多くの人々が尊敬している。

私たちは、その後ボリヴィアで度々革命にあったが右派から左派、左派から右派と毎年のように革命があった。いずれも政権交代のために軍事力を行使した革命で、特に革命の目的は示されていない。革命が起きる寸前になると、街中の警官が一斉に姿を消し、まず無法状態になる。そしてどこかで発砲が起こり、街全体に撃ち合いが広がり一晩中続く。撃ち合いは二晩位で大体決着がつき、最後に空軍が勝者の方に加勢して革命は終わる。一番大きな被害を出した革命は、右派のオバンド政権を倒すため左派のトーレスが学生の要求に屈し武器を与え、学生側が参謀本部など軍の施設を攻撃し、軍が反政府側を一掃した革命であった。犠牲者は二千五百名に達し、市内の至るところに死体が散乱していた。数日後死体はスタジアムに収容され、家族が引き取りに訪れていた。わが家は参謀本部の近くにあったので、撃ち合いが始まると危険であり、特に家の裏にある二本の大きな木をめがけ、空軍機が急降下し、参謀本部を銃撃するので、子供たちが怖がった。革命が始まる前に家族を車に乗せ、少し離れた大使公邸へ避難させるのが慣わしとなっていた。

革命が起きると、政府要人はいずれの大使館へ逃げ込むか日頃から大体決めており、いざという時逃げ込む訳だが、日本は亡命を認めていないので、緊急避難的に塀を乗り越えて逃げ込んできた場合、二日位いた後、他の大使館へ移っていただいた。他の大使館へ逃げ込んだ要人は、時期を見て脱出し、空港から近隣諸国へ亡命する訳だが、特に妨害されることもなく出国していた。そして、一、二年後に潜《ひそ》かに帰国する慣わしである。

ボリヴィアはかつて金、銀の産出国として栄えていた。首都ラパスから南東へ約五百キロ、ポトシの町がある。標高四千メートルのこの町は今は訪れる人とてない寂しい町であるが、四百五十年前南米大陸最大の都市であったとは誰が想像できようか。一五三五年、フランシスコ・ピサロによりインカ帝国が征服され、その十年後ポトシ鉱山が発見された。スペイン統治時代、ペルー副王の命令で全植民地からミータ（労働者）が集められ、その数約十五万人、ここポトシでスペインの金貨、銀貨を鋳造し、その運搬はラパスまでの峻険な山道を約五百キロ、ラパスからペルー、リマの港まで約千二百キロ、皮袋を背負ったインディオの列が続いたと言われる。ポトシの町には当時をしのばせる貨幣鋳造工場がある。現在は貨幣博物館となっているが、古い城塞を思わせるこの建物は、当時の繁栄ぶりを伺わせるものがある。

さて、アンデスの山越えと言えば、明治時代の末期、大勢の日本人がゴム採取労働に携《たずさ》わるため、アマゾンの奥地上流、すなわちボリヴィアのベニ州やバンド州へ渡った。いわゆる聖母川（リオ・マドレ・デ・ディオス）下りの記録である。その記録は、向一陽著『アンデスを越えた日本人』に詳しく書かれている。

日本人がペルーへ初めて集団移住したのは、ブラジル移住より九年早い明治三十二年、民間の移民会社盛岡商会による単身者の契約移民七百九十名で、その年の二月ペルーへ向け横浜を出航した。四年契約で砂糖キビ狩りや製糖工場、また農場に雇われたが、奴隷に等しい過酷な労働と風土病による病人が続出し、転住したり脱耕するものが跡を絶たなかった。しかし、その後も契約移民や呼び寄せ移民でペルーへ渡った者は多く、大正十二年までに一万七千百二十七人に上っている。なお外務省資料によるとペルー移住者は昭和十六年大東亜戦争勃発までに三万三千七十人と記録されている。

明治二十年代後半、米国で自動車の実用化が軌道に乗り、グッドリッチ社が自動車のタイヤを作り始め、ゴムの需要が爆発的に増大した。しかし当時はまだ植林によるゴムの木はなく、天然ゴムの木はアマゾン上流にしかなかった。需要に生産が追いつかず、またアマゾンの僻地のため労働力が集まらなかった。ゴムの木は密林の中にぽつんぽつんとあり、ゴム液を集める労働は根気のいる仕事であった。仕事に不慣れで必要以上に働かないインディオ（アマゾン先住民）たちは、過酷な労働から逃亡しようとして大量虐殺された記録（ブツマヨの虐殺）がある。

アマゾンのゴム採集労働は、ペルー契約移民の賃金の三～四倍の高値ということで、ペルーの移住地を脱耕し、アンデスを越えアマゾン上流すなわち聖母川（マドレ川）流域へ渡った日本人は二千人以上と言われている。このうち七百二十人は「インカゴム」との契約（明治植民合資会社の仲介）で当初からゴム契約で渡航しているが、その他は主にペルーの脱耕者であった。明治時代の末期、大勢の日本人がアンデスの「アリコマ峠」という標高四千八百十五メートルの峻険な雪嶺を越え、約一ヶ月の難路を克服しゴム採取に従事した。ペルーでは己の夢を実現できないと悟り、折からの天然ゴム景気で高賃金に魅了されたこともあるが、そのことばかりではなかった。それは当時世界的に有名な髭のゴム王ニコラス・スワーレスは、殊の外日本人を重宝し優遇したためと言われている。彼はパンド、ベニ両州に広大なゴム林を所有し莫大な利益を得て豪華な生活をしていた。正直で勤勉な日本人の働きぶりを高く評価し、現地人を排除してまで日本人を採用したと言われている。ゴム採集に携わった日本人のほとんどは彼の下で働き優遇された（外務省領事移住部発行『聖母川下航記』）。

当時アンデスを越え日本人がまず辿りついたのはペルーのマルドナドであるが、同地にはインカゴムをはじめ各ゴム会社の本拠地があり、この町に日本人が最初に住みついたのは明治三十九年二十六人であった。この町は二千人程の小さな町で、その後日本人は二百五十人も住むようになり、八分の一が日本人で「日本人町」とも言われた。明治四十四年伊藤在リマ領事館員の報告によると、当時マルドナド近辺の農場はすべて日本人の所有であったと報告している。また農業の外食糧品店、大工、仕立屋、行商などを営んでいると書いている。当初マルドナドでゴム採集に従事していた日本人は、その後聖母川を下り、行きつく所がボリヴィア領リベラルタの町であった。マドレ川のところどころの町に日本人が住みつき、日本名のサカタとかトウキョウ、ヨコハマなどの地名が残っている。当時リベラルタは人口約四千人、うち日本人七百人余りの町でこの町も「日本人町」と呼ばれていた。現在、日本人一世はおらず、三世、四世の代で日系人は約一万人に近いと言われている。当時の状況を知る日本人古老は、日本人のいる町は栄え、日本人のいない町は衰えたと述べている。リベラルタ地方の当時の行政長官は「今や日本人は当地に必要欠くべからざる存在となっている。農夫は米、野菜類を安価に供給し、小売商人は輸入食料品を薄利で販売している。近年住民生活費の低廉なるは、全くもって日本人の努力によるものである。……」と述べている（外務省領事移住部発行「聖母川下航記」）。

大正四年リマ領事館の報告では、リベラルタ近郊に約四百人、ラパス、オルロ近傍に二百人。また大正七年ボリヴィア在留邦人は八百三十三人で、その大部分はペルーからの転住者と記録されている（日本ボリヴィア移住史）。

ゴム景気で栄えたアマゾンの町も大正二年以降は急落することになる。英国が、東南アジア植民地開発の目玉として、シンガポールで育てたゴムの木がマレー半島その他で大量に植林され、アマゾンのゴムブームは十数年で終息することになった。ゴム景気の終息と共に日本人のアマゾン移住も途絶え、その後リベラルタおよびトリニダ市に日本人が移住することはなかった。ベニ州の州都トリニダは、ゴム景気の際リベラルタから移り住んだ人たちで、当時五十九人の日本人が住み、主として日用雑貨店や農業などで随分繁盛していたという。

私がボリヴィアに着任した昭和四十二年には、リベラルタおよびトリニダには日本人一世は二～三名いるとのことであったが、あれから五十五年、もうおられないのではないかと思う。遥か遠く、あまりにも遠く祖国を離れ、日本に帰ることもできず、現地人女性と結婚して子供をもうけ、彼の地で生涯を終えた彼等同胞の慰霊の碑が、ひっそりと日本の方へ向け建立されている。ベニ川のほとり、リベラルタとトリニダ市に、日本大使館が昭和三十九年当時の川崎大使の手により建立したもので、高さ三メートルの慰霊塔は日本語の文字で「慰霊の碑」と書かれている。リベラルタの墓標には計百八十二柱の出身県別に故人名が明記され、その出身地は全県に跨っていた。

十六、キューバ在勤一回目

私はウルグァイに三年在勤した後、昭和五十四年四月、在キューバ日本大使館に勤務を命じられ赴任した。一回目のキューバ勤務である。昭和三十四年一月、キューバ革命が成功しそれから二十年経っていたが、社会主義国としてまだ混沌とした状況であった。日本は、体制の異なる非友好国として処遇されていた時代である。非友好国とは、いわば敵対する国であり、尾行や盗聴など監視の対象となっていた。そのようなことはいろいろな場面で感じられた。家を借りるにしても友好国だと家賃は安く、それも良い家であるが、非友好国だと汚い家で多額の家賃を要求された。家はすべてキューバ政府が管理しており、それに従わざるを得ない。二回目にキューバに勤務した昭和六十三年頃には準友好国となっており、良い家が割り当てられるなど好意的な処遇に変わっていた。一回目の勤務では経済技術協力に類する協力は一切行われず、文化交流事業のみであった。日本からキューバンボーイズの公演や、左翼系友好団体の公演が行われたり、文化広報の展示会などが実施された。また、キューバ国立バレエ団やキューバ国立民族舞踊団の来日公演などを支援した。キューバンボーイズの公演といえば、見砂《みさご》団長の平和を願う名演説や歌手の伊藤愛子さんを思い出す。カールマルクス劇場の二千五百人の観客を魅了し、満場の喝采を博したラテンミュージックの数々。伊藤愛子さんは、四十五年経た今もシャンソン歌手としてその美しい歌声でご活躍されている。

　革命直後のキューバへは、日本の左翼系学生団体が企画したキューバ主要産業である砂糖きび刈りの応援に、大勢の学生がやって来た。キューバは暑く、炎天下砂糖きび刈りは大変な重労働である。遠い日本から革命に共鳴し、大勢の日本人若者が訪れたことに対し、親日的なカストロ国家評議会議長は感激し、盛大に歓迎会を開くよう部下に命じた。会場正面に日本とキューバの国旗を掲示したところ、日本人学生が反対し、日本の国旗を外すよう主張した（当時の日教組はじめ左翼系学生団体は、国旗国歌に強く反対していた）。これを聞いたカストロ議長は憤慨し、「国旗を尊敬しない学生は来て欲しくない。日本人学生の受け入れを中止せよ」と命じた。この事件以後、日本人学生の砂糖きび刈りの受け入れは中止されたという。

カストロ議長はまた昭和天皇を深く尊敬していた。昭和天皇が崩御された時、わが国の官公庁は一日しか半旗を掲げていないのに、カストロ議長は三日間の公式服喪令を布告し、全官公庁や軍の施設に三日間半旗を掲げさせた。当時私は見て回ったが、確かに津々浦々まで半旗を掲げていた。このことにつきカストロ議長は記者団に次のように答えている。「昭和天皇は日本を戦災の廃墟から復興させ、アメリカを追い抜く大国にした偉大な元首であり、私は以前から深く尊敬していた。喪に服したのはわれわれの当然の義務と考えたからだ」。カストロ議長はかねがね国賓として来日したかった。しかし、わが国は対米配慮からそのようにはしなかった（それは外務省の対米忖度かも知れない）。そのため給油のための立ち寄りならば良いということで、カストロはヴェトナムでの国際会議の後、わが国へ立ち寄ったが公式行事は一切行われていない。

私がキューバに着任して一年後、すなわち昭和五十五年四月、革命後初めて大々的な亡命事件が勃発した。その発端となったのは、四月一日、キューバ人六名がペルー大使館へバスで突っ込む事件である。その際亡命者二名が警官の発砲により負傷し、警官一名が同僚の流れ弾で死亡した。その時ペルー大使館にはすでに二十五名のキューバ人が館内に亡命していた。この事件後、キューバ政府は急遽大使館周囲に高さ二メートルの土手を築き侵入を防ごうとした。それがどういう訳か翌日取り除かれ、党機関紙「グランマ」は一面トップで次のような政府声明（要旨）を発表した。

「最近一般犯罪人、反社会的分子、ルンペンが暴力によりペルー大使館に逃げ込んだ。同大使館はそのような行為を拒絶することなく受け入れている。……同大使館を警備していた内務省職員一名が死亡した。これらの行為は米国のわが国に対する敵対行為と軌を一にするものである。キューバ政府は主権および法を犯されることに同意はしない。大使館に力により逃げ込んだ者には、出国の安導権を決して渡さないことを宣言する。キューバ政府はペルー大使館の警備員を引き揚げる決定をした。同大使館は今後起こりうることにつき自ら責任を負うことになる。われわれは保護に協力しない大使館は保護できない」。

この政府声明を見て、これは大変なことになると直感した。キューバ側は亡命者はそれ程多くはないと見込んだのか、ペルー大使館への当てつけなのか、いずれにしても警官がいなくなったら亡命者は殺到することに間違いない。たまたま四日の夜は、大使公邸で本省から送られてきた娯楽番組のビデオテープ「欽ちゃんどこまでやるの」その他のビデオをみるため館員家族が集まっていた。公邸はペルー大使館に近いので、外では何となくざわざわした情況が聞こえていた。私は気が気でならなかったが、御夫人方は本日の麻雀大会を嬉しそうに話し合っている。男性館員は、館長が館員の娯楽に配慮して開催して下さった今夜の集いに、水を差すような話は控えていた。

その夜、ペルー大使館には亡命希望者が続々と逃げ込み大きな事件となりつつあった。四日午前、ペルー臨時代理大使（大使は亡命者受け入れに反対したため、亡命を認めるペルー政府の立場と異なるとして、数日前に解任され本国に召還されている）は、対処に困り、アルゼンティン、ベネズエラ、パナマ、エクアドル、コロンビアの各大使を同館に招き協力要請した。各大使はペルーとの連帯を表明した。また四日昼頃、カストロ議長はペルー大使館に来訪しピント代理大使と会談した。警備員引き上げにつき話し合われたと思うが、その詳細は不明である。

ペルー大使館周辺は、静かな高級住宅地であるが続々と亡命者が殺到し、四日夜から五日午前にかけてその数は千三百人に達した。五日午後一時、キューバ政府は特別声明を発表し、強行突破し前からいる二十五名を除き出国の自由を与えると発表した。この出国自由の発表が出た五日土曜日の午後から夜半にかけて約五千人のキューバ人がペルー大使館に雪崩れ込んだ。入口から入れない者は塀を乗り越え、また幼児を抱きかかえた女、老人、子供、主婦のみならず、入院中の者も病院から抜け出し逃げ込んだ。中には身分証明書を捨てた党員が、また制服を脱ぎ捨てた警官が、さらには政府職員、軍の将校まで混じっていた。

五日の夜は、ハバナ市内の到る所で人々がざわざわと騒ぎ、六日の朝亡命者は一万八百人に達した。この時点でキューバ政府は、予想を超えた亡命者数に対処しペルー大使館付近の交通を規制し、立ち入りを禁止した。周辺道路は大勢の警官によって遮断され、住民以外は通行を禁止された。通行禁止とも知らず市の中外から、あるいは地方から亡命者が続々と押しかけ、付近をうろうろし、ある者は衣類をまとめた袋を下げ、またある者はトランクに腰掛け周辺で待機した。その数約五万人に膨れ上がり、入れろ、入れないと揉み合う人でごった返し、キンタアベニーダ付近は騒然とした情勢になった。

キューバ政府は軍隊、警官、民間防衛隊を続々と動員し、地域内に入った約一万人を除き自宅へ帰るよう説得し、六日の夕方から夜半にかけて大半の者が引き揚げたが、まだ諦め切れずに見守る人々があちこちに見られ、付近一帯は異様な情景を呈していた。中には互いに罵倒し、乱闘する者もあり騒然とした情況が六日深夜まで続いた。しかし、夜が更けるに従い強力な警察の力に押され次第に冷静を取り戻した。

亡命キューバ人の受け入れにつき、アンデス共同体五ヶ国は緊急外相会議を開き、ペルーがいち早く千人受け入れを表明した。また米政府が三千五百人、コスタリカ三百人、スペイン五百人、その他エクアドル、ベルギー、カナダなどが受け入れを表明した。さらに欧州移民政府間委員会(ＩＣＥＭ)が五百万ドルの援助資金を出し、スペインのチャーター機二機を借り上げ、コスタリカへ毎日三百人を運び、コスタリカよりペルー、アメリカその他へ送る計画を発表した。

ペルー大使館内にいる亡命者の間でいくつか組織がつくられたが、組織の間は上手くいっておらず、また大使館の庭は狭く、大勢の人息《ひといき》で木が枯れる程に暑く、便所の悪臭など暑さに耐えられず病人が続出、付近に赤十字の診療所が設けられ、また食料、水をキューバ政府が支給するが充分ではなく、亡命者は一日も早い出国を望んでいた。ペルー大使館内の亡命者は、八日夜から自宅へ帰って良いというキューバ政府の指示が出て、二千四百名が通行許可証をもらい自宅へ帰った。しかし内千九百名が同夜のうちに再び大使館に戻ってきた。家が封印された者、付近住民から罵倒され石をぶつけられて帰ってきた者、またペルー大使館を出たら再び戻れないという噂が流れ、慌てて舞い戻った者もいた。

十日頃から革命防衛委員会（ＣＤＲ）が連夜の如く隣組集会を開き、また夜になると、動員された青年共産同盟や中学生が街へ繰り出し「ゴミは出ていけ」「うじ虫共は立ち去れ」「カストロ！　命令して下さい」などと往来一杯にデモ行進し不穏な空気が街中に広がった。また一方、一般の人は出国の道が開かれたという、何となく落ち着かず、街中がざわざわした雰囲気となった。キューバ政府は、これ以上亡命者が増えないよう集会やデモで懸命に引き留め策を講じた。また一般人の中には亡命者に対するいやがらせや暴力を振るう者も現れた。家や全財産を置いて、また没収され、住み慣れた街を去って行くのであるから、静かに見送ってやれないものかと思った。これが革命の姿なのだろうか。

十六日、スペインのチャーター機二機が、二百三十五名の最初の亡命者を乗せコスタリカへ飛び立った。到着したキューバ人は「自由」「自由」と叫び、ある者は感動を抑えて「私がキューバに戻るとすれば、すべての共産主義者を殺すためである」と報じている。この日、ペルー大統領はコスタリカ大統領に感謝の電報を送り、その中で現在受け入れを表明している国として、アルゼンティン、西独、オーストラリア、ブラジル、ヴェネズエラの各国であり、チリ、英国は考慮中、フランス、イタリアは輸送機関、食料の援助を申し出ており、また欧州共同体は、十七日キューバ亡命者を議題として取り上げる旨述べている。

これより先十五日、ペルー大使館はキューバ政府と再三にわたり協議し、その結果六千三百十七名にパスポートを渡すこと、七百四十七名はパスポートを渡さないが自宅待機させることなど報じている。ペルー大使館構内にはまだ二千五百名が残っており、また六百五十四名の者は出国を断念したと伝えられた。キューバ政府は、女子については年齢制限しないが、男子は十五歳未満で両親に同伴された者に限ると発表した。

コスタリカへ向け十七日は三百九名。十八日は百八十八名が飛び立った。しかし、キューバ外務省は十八日午後コスタリカへの出国を停止すると発表した。キューバ人は目的とする国へ直接行くべきであり、コスタリカを基地として他国へ行くことは許されない。また、コスタリカ大統領が空港で出迎えたことはキューバ政府の立場と一致しない。亡命キューバ人を悪宣伝する何ものでもないと表明した。出国の許可が下り、ハバナ空港へタクシーや小型バスで次々と到着する亡命者を、沿道の群衆が口々に罵り、また空港では動員された市民が亡命家族を罵倒するばかりでなく、卵や石をぶつける者など大混乱した。このため大勢の警官が空港周辺に配置されたが、これは亡命キューバ人を保護するためというより、一般市民が空港へ逃げ込むのを阻止するためであった。

キューバ政府は、ここに到り国内政策上人心を引き締める必要があった。また国外に対しキューバの団結を誇示する必要があり、そのために行われたのが十九日土曜日の百万人のデモである。この日は、ヒロン勝利の日（昭和三十六年四月十九日CIAの協力を得た反革命勢力千五百名が、ヒロン湾に上陸したがカストロ革命軍により殲滅された日）で、各職場はまだ薄暗い午前六時出勤、すべてのバス、トラック、乗用車を動員しキンタアベニーダ付近へ集結させた。デモはあらかじめ指示した時間で、各職場、各学校、各地域住民単位で編成され、午前六時半開始、午後十時まで、ペルー大使館前を最大の盛り上がり場所として間断なく行われ。テレビは終日このデモの情況を、各現場とヘリコプターで写し放映した。「ゴミは出て行け」「ルンペン出て行け」「カストロ万歳」「ヤンキーカリブから手を引け」「ヒロンと同じく再び勝利を」などのプラカードを掲げ、口々に「ケ・

セ・バーヤ」（出て行け）など叫んでいる。年配の男たちや婦人は、われわれも出国の道が開かれたんだと一見明るい表情で、思ったより晴れやかなデモであった。デモが行われたその日、ハバナ市内の道路という道路には人の歩く姿は見られない。すべての市民を動員したデモであった。このデモの最大の盛り上がり場所となったペルー大使館周辺には、警官と民兵が五重六重の人垣を築き、この機会に亡命しようとする者を厳重に警戒した。

デモに参加するキューバの民兵組織

この日、不思議なことにカストロ首相はテレビの場面に全く現れなかった。やはりこの亡命騒ぎはカストロにとっても頭の痛い問題だと思われ、革命に協力してくれた市民、特にインテリ層が続々と出国して行くことは淋しいに違いない。しかし、出て行きたい者は出て行けと、亡命自由を決定したのはカストロ自身である。あんなに熱狂的に革命を支持してくれた同志が、自分に見切りをつけて出て行く訳であり、その想いは心痛の極みと思われる。

キューバは革命前、世界第一の砂糖生産国として繁栄し、金に糸目をつけぬ豪華なスペイン風の邸宅が建ち並ぶこのキンタアベニーダ地域は、有数の砂糖財閥の白亜の館が並び、金持ち以外は住めなかった所であり、貧しい者、黒人は立ち入り禁止の地域でもあった。革命前これらの邸宅には多くの日本人が庭師として働いていた。一人で四、五軒の邸宅を受け持ち、人を使って庭の管理を任されていたという。革命後この地域に住んでいた金持ちはほとんど亡命し、今住んでいる住民は、政府や党の要人、公社、公団の長や高級軍人であり、また大きな邸宅は大使館に高額で貸している。

革命直後、キューバから亡命した者は約七十万人と言われ、内四十万人は米国へ、約三十万人はメキシコ、ヴェネズエラ等ラ米諸国、またスペイン、イタリア等欧州諸国へ亡命した。しかしその後も亡命者は後を絶たない。物資が欠乏し、政治的、社会的自由がなく、何よりも将来に希望が持てないというのが彼らの出国の理由と言われている。亡命した七十万人のほとんどは中産階級以上の人たちで、当時のキューバの人口約七百万人の一割に当たる。彼ら資産階級の住んでいた豪華な邸宅やマンションは革命政府の所有となり、党員や政府職員あるいは労働者階級の住居となった。資材不足のため、長い間補修や修理が行われず、建物は老朽化し壊れ、街は荒廃している。

かつてキューバは、米国向け砂糖、煙草、ラム酒の生産国として繁栄し、また海岸の美しい常夏のこの島は、アメリカの観光客で溢れ、華やかなカリブ海の富める島、あるいはアンティーリャスの真珠の島として欧米の人々の羨望の島であった。

革命により金持ち階級を追い出せば、自分たちも彼らと同じような豪華な生活ができると夢見て、多くの一般市民は革命に協力し社会主義国となった。大企業はもとより小企業に到るまで、またレストラン、商店、床屋、タクシーの個人企業まですべて国営となった。すべての人は公的企業、施設で働く俸給生活者であり、能力のある人、ない人、働く意欲のある人、ない人皆平等に公務員となった。床屋のオヤジ曰く、シャンプーを仕入れるのに関係官庁に申請し、申請書類がいろいろな部署に回付され、シャンプーが手に入るのに三〜四ヶ月かかるシステムになったと言い、そんな面倒臭い手続きが嫌で申請しない、一日四人がノルマなので、四人の頭を刈れば毎月月給がもらえるので社会主義は誠に結構な制度であると喜んでいる。

働いても働かなくても同じように月給がもらえるとなれば、また、いくら働いても同じ月給であれば、人々は働かず、従って物は生産されず、この国は段々物がなくなっていった。また、水道の水さえ公のものであるという観念から、アパートの一～二階に住む者が水を噴段に使い、ポンプが老朽化したこともあるが三階以上は水が出ないアパートが多い。さらに、廊下や出入り口の電灯が日中に点いていても誰も消そうとはしない。すべて平等の同志であれば些細なことで注意するのをためらうのか、あるいは私有物でないので自分には関係ないとでもいうのであろうか。

企業経営にしても経営者が亡命した後、昨日まで同じ労働者仲間が党員であることから代わって経営者となるが、経営方法を知らないというばかりではなく、同じ労働者仲間に対し、仕事を命じ監督することを躊躇《ためら》うのか、企業能率は極めて低下したという。

キューバは暑い国なので、一年間に二メートルのスカート生地の配給で何とか間に合わせているが、食の方は我慢できず闇や横流しが横行している（終戦直後の日本のようなものである）。しかし、カリブ海の陽気な国民性は、夜の涼気と共に元気になり、ぶらぶらと戸外に出て大人も子供も涼を求めて遊び回る。音楽が流れると踊り出す。黒人の男が白人の女と手を繋ぎ生き生きと闊歩している。男女関係も比較的鷹揚《おうよう》で、嫌いになったらさっさと離婚し、男も女も新しい相手を見つけに走るようである。そんな奔放な気質もあり、富める国、自由の国アメリカへと思い立ったら止められない国民性が、政府の躍起の阻止にもかかわらず亡命者が跡を絶たないのかも知れない。

百万人のデモが行われた四月十九日は、早朝から深夜まで騒然としたが、それから二日後四月二十一日、ハバナ市より四十キロ西にあるマリエルの軍港から、四十八名の亡命者を乗せた米国の小型船二隻がフロリダへ向け出航した。翌二十二日には十一隻四百十五名が同じくフロリダへ向け出航した。これら米国籍の小船がどのようにして、フロリダから呼び寄せられたのか、またそれらの船に亡命者を乗せ出航した経緯については明らかではないが、二十三日には九十四隻、二十四日には三百四十九隻、二十五日には九百五十八隻と次々と亡命者を乗せ出港している。これらの小船はモーターボート、釣り船、ヨット等の小型船であるが、連日のようにマリエル港へ続々と入港し、亡命者を乗せフロリダへ出港していた。二十三日四百四十四名、二十四日五百七十五名、二十五日七百二十二名、二十六日九百三名と徐々に増えている。

これらの小型船がどうしてこのように集まってきたのであろうか。当地紙はこの模様をマリエルの港はマストの森になった。これはヤンキー共が仕掛けたことであり、まったく馬鹿げたことだと論評している。しかしキューバと米国とは国交がなく、米国の経済封鎖以来米国船の入港をキューバは認めていない。それにもかかわらずマリエル港に限定しているとはいえ米国船が続々と入港していることは、キューバ政府が入港を認める何らかの情報を流しているに違いない。そしてマリエル港に限り亡命者を自由に運べるという噂がフロリダ在住のキューバ人に広まっていることは確かである。船はいずれも個人所有の小型船であり、噂では亡命者一人につき千ドルの乗船料が相場と言われ、十人運べば一万ドルであり、それを稼ぐために釣りや船遊びを止めてフロリダからやって来たらしい、中には自分の親類、知人を迎えるためにやって来た船もある。当初これら小船による亡命者は、キューバの出国許可は得ているが、米国の入国査証を付与されていない者が大部分であった。米国国務省スポークスマンは、このような入国者は非合法であると発表し、またハバナの米国代表部もこのような海の架け橋はまったく異常なものであると言明している。これに対しキューバ政府は、米国がキューバ人をそそのかし、キューバ船を乗っ取り米国へ出国したことに対抗するものであり、ワシントンと力の対決をすると発表した。このキューバ側の論旨はどうもはっきりしないが、いずれにしてもこのマリエル港からフロリダへの亡命者の流れは大きな危機をもたらし、米国とキューバが直接交渉を引き起こす要因となるだろうと、ＡＦＰ電は報じている。

マイアミの米国移民当局は、これら不法入国者について一応取り調べはするが、政治亡命者として受け入れる旨言明している。キューバ人は国内では外貨の所持を禁止されており、従って一般市民は米ドルを持っていない。乗船料はマイアミにいる引受人に借金し、あるいは親族や知人が立て替え払いする訳だが、引受人の全部が全部豊かで支払い能力があるとは限らない。しかし、これらの船は引受人が乗船料を払い、もしくは将来支払いの確約を得て引受手配された船であった。

このような情況からカーター米大統領は当初発表した亡命者三千五百人に限らず、すべてのキューバ人亡命者を両手を広げて受け入れる旨発表し、そのための対策費としてフロリダ州に一千万ドルを難民基金から支出すると表明した。この頃、キューバ側は出迎えに来ている船に対し、亡命者一人につきキューバ政府が指定する四人を乗船させなければマリエルからの出港を許可しないと通知した。この突然の通知を受け、亡命者一人の運び賃が一千ドルから五千ドルにはね上がり、乗船料の折り合いがつかず引き返す船まであった。キューバ政府が乗船を要求する者は、主として犯罪者、精神病者、反社会分子であり、服役中の者、保釈中の者、働かずぶらぶらしている者、また身持ちの悪い女など、警察に脅され、中にはどこへ連れて行かれるのかわからずマリエルへ連行された者もいたという。キューバ側は、この際監獄や精神病棟を空にし、不良分子を米国へ追い出す目論みであった。しかし以上の情況はまったく発表されず、受け入れ側の米国もその詳細を知る由もなかった。目的のためには相手を混乱させ、困惑させる社会主義国の政策といえる。

この頃、出国待機のため自宅や知人宅にいる亡命者に対しさまざまないやがらせが行われている。亡命者は出発前に一回だけ散髪や美容院へ行くことを許された。亡命者に対しわざと間違えた振りをして髪を短く切ってしまうことである。亡命者同士は軟禁状態にあり、お互いに顔を見合わせることがないので自分一人がそうされたのかと思う訳だが、男も女も後頭部を刈り込まれていた。

また、各地でいろんな事件が発生している。ある警察の大尉が今回亡命を認められ、出国が近づき家族と出かけたところを、民間防衛委員の女たちに取り囲まれ、車を棒で叩かれるやら「ゴミは出て行け」など聞くに耐えない罵倒を浴びせられ、かっとなった運転手が女性委員長を轢き殺してしまった。近くにいた警官がその運転手を射殺したが、その殺された運転手はたまたま私服だったが、パトロールカーの優秀な運転手であった。亡命する上司とその家族をお別れに送ろうとして射殺された事件である。新聞記事は、女性委員長の英雄ぶりを報道し、その葬儀にはカストロ議長以下党首脳部が参列している。

四月二十七日、この日早朝、コロンビアのドミニカ大使館で各国大使等五十七人の人質をとり、約二ヶ月間占拠していた左翼ゲリラ四月十九日運動（M一九）のグループが、人質十六人と共にハバナに到着した。このゲリラグループを迎えるためキューバ政府は、イリューシン・ジェット旅客機をコロンビア・ボゴタへ差し向け、出迎えている。この日午後、猛烈なハリケーンがキューバ全土に限らずカリブ海一帯を襲い大きな被害が発生した。この日はマリエル港に千五百五十二隻待機していたが一隻も出港できず、フロリダから迎えに来ていた人々は指定されたホテル（高額料金）に避難宿泊した。またフロリダからキューバへ向かっていた多数の船がハリケーンに遭い十七隻が転覆した。米国海軍や沿岸警備隊が救助活動を行ったが、このハリケーンにより七名が死亡している。ハリケーンが過ぎ去った日の夕陽は、真っ赤に燃え、海の向こうにキラキラと輝き沈みゆく光景は何と美しいものだと思った。

マリエル港から亡命者を乗せた小船は、フロリダ半島の最先端キーウエストの小さな港を目指して行くが、亡命者の中には多数の犯罪者やスパイが混じっており、米当局は彼ら犯罪者を見出すのに苦労したと言われる。亡命者はキーウエストで簡単な取り調べを受けた後、フロリダ北西部のフォート・ウォールトン・ビーチに作られた収容所へ飛行機で輸送され、その収容所から毎日約三千人が入国手続きのためエグリン飛行場へ連れて行かれた。手続きが終わり次第、引受人のいる者はそのまま引き渡された。

白人系の若いキューバ人女性は、ニューヨークから来たユダヤ系商人が争って引き取ったが、年配者や男性は引取先がなかなか決まらず、カトリック関係の団体その他が世話をした。しかし続々と入港して来るキューバ人亡命難民に、フロリダ当局は混乱しその対応に困惑した。米国政府は、これは米国だけでコントロールできる問題ではなく、国際間で対応策を決めるべきであると主張し、五月七日コスタリカにおいて全ラ米諸国および西欧諸国が出席し会議が開催された。しかし、キューバ人亡命者はほとんどアメリカ行きを希望しており、米国が主として対応せざるを得ない状況であった。

マリエルからキーウエストまでは海路約百五十キロで七〜八時間の航海であるが、晴天の日はフロリダ海峡は波静かであるが、風が吹き海が荒れると、大きなうねりとなり小型のモーターボートでは極めて危険である。公表では、天候が荒れ船が転覆し既に二十九名が死亡したと発表されたが、実際にはもっと多くの犠牲者が出ていることは確かである。ある船は、長さ十二メートルの小船に五十二人も乗り転覆し、沿岸警備隊の必死の救助活動にもかかわらず十四名が死亡した。また、五十人乗りの船に三百人も乗り込み転覆した船もある。このため米当局はキューバ側に乗船定員を守り、安全輸送を呼びかけたが一向に改められない。この頃フロリダ海峡を渡る亡命難民は、一日平均三千六百人と公表されている。最終的に米国へ亡命したキューバ人の総数は十二万六千人に達し、米国政府は、その保護に多くの予算を支出し、また定住や雇用問題で対策を迫られた。

今回の大量亡命事件の引き金となった亡命自由の決定は、誰が決めたのか大きな謎となっているが、事件の発端になったペルー大使館から警官撤収を発表した四月四日は、対外問題全般を取り仕切るカルロス・ラファエル副首相は、コメコン会議のためモスクワを訪問中であり、十一日に帰国している。また、マルミエルカ外相は、アフガニスタン問題でインドを訪問中であった。そのような状況下で亡命を認めるという重大な決定を下すことが出来るのは、カストロ首相以外には考えられない。これに対し党幹部内では異論がない訳ではなく、外部の者には計り知れない多くの議論があったことが窺える。「出たいものは出て行け」という大決定は、カストロでなければ出来ないことである。食糧難、住宅難その他生活苦に苦しんでいるキューバ国民に対し、出て行きたいものは出て行きなさい、と言うカストロの国民に対する愛情の表れからか、あるいは思うように働かない国民を食べさせるのは容易なことではないという一種の絶望感から、独自の決断を下したように思える。しかし、これ程大勢の亡命者が出るとはカストロ自身予期していなかっただろう。メーデー当日のカストロの長い演説で亡命者を非難してはいるが、それは残っている国民に対するゼスチャーのように聞こえた。亡命者に対するカストロの柔軟な考えに対し、党は反発するかのように犯罪者や反社会分子を根こそぎ出国させているように思われた。

カストロの柔軟な考えに対し「クレムリン」は反対しない訳ではなく、東欧諸国の優等生であるホーネッカー東独議長を代弁者として、近くキューバへ派遣することになった。また、チトー大統領の葬儀に、カストロは非同盟諸国の議長でありながら参列しなかったのも、ブレジネフと顔を合わせたくなかったとの噂もある。カストロの演説を度々聞く度に、カストロは表面的には共産主義者であるが、内実は理想主義者で人間愛のある人と思われた。あれ程熱狂して革命を支持し、協力してくれた市民が、自分に見切りをつけ大勢去っていくことは、カストロ自身酷く寂しいに違いない。

この頃私は、今回の亡命事件につき情報収集のためマイアミへ出張し、某商社のA氏からお話を伺った。A氏の話では、キューバ人の大量亡命はマイアミでは大きな問題となっており、なぜあんなに大勢のキューバ人、それも本来の亡命者ばかりでなく犯罪者、病人、いかがわしい女たちまで受け入れたことに対し多くのアメリカ人は不満であり、特に黒人はキューバ人に職を奪われることに反対し、暴動まで起こしているという。マイアミは、アメリカでも比較的黒人の少ない街で、ゴミ清掃車や港湾の荷扱いは黒人が働いているが、その仕事さえキューバ人が来たために追い出されたという。キューバ人はよく働くのであらゆる分野で就職しており、マイアミにいるキューバ人は約百万人と言われ、大多数は反革命派であるが、一部親キューバ派もいて、両派の間には多くの組織が出来ており、時々爆弾を仕掛け合うなど、キューバ人同士のいざこざにマイアミの警察は困っているという。

日本は、キューバに対しては現在（当時）政府間の経済技術協力は行っていないが、主要商社のほとんどがキューバと取引があり、キューバにとっては日本はソ連に次ぐ貿易相手国となっている（当時）。米国がキューバに対し厳しく経済封鎖を行っているのに、日本がキューバと取引していることに対し、亡命キューバ人ばかりでなく、アメリカ人の一部も日本商社を非難しているという。それは数年前の猛烈な反対ではないがいつ爆発するかもわからず、A氏の所属する商社以外は、マイアミに事務所を置いている日本企業はなく、また、A氏の会社も、マイアミに事務所があることを公表しておらず、看板を掲げていないという。マイアミでは日本車の評判は良く、街を走っている新車のほとんどは日本車であるが、A氏の事務所では、日本車を使うと目立つので米国車を使っているという。日本商社は非難の的であるが、マイアミの主要な商店は、日本の家電製品やカメラ、時計などを販売する店で溢れ、テレビやビデオなど日本で買うより安い。中南米の人々が、マイアミへ行くのは日本製品を買うための旅行であった時代である。これら日本商品は、大体ユダヤ系商人が輸入し日本商社は関係していないと言われる。

私は、A氏にキューバ人亡命者が最初に上陸するマイアミの最先端キーウエストへ行くには、どうしたら良いかと尋ねた。A氏は「それは止めた方が良い。もしどうしても行きたいのであれば警察に通報してから行くべきだ」と強い語調で答えた。どうしてかと質したところ、反キューバ派ばかりでなく親キューバ派の者まで、キューバから来た旅行者はチェックされており、もし目をつけられたら危険だと言う。マイアミでのキューバ人組織はあらゆる職場につながりがあり、亡命キューバ人の大多数は、カストロの現政府に対し怨《うら》み骨髄に徹している者が多く、革命政府に関係のある旅行者が殺された事件も起きていて、日本の商社さえ彼らの怨みの的になっているという。

日本は、政府の経済協力は行っていないが、財界の一部有力者は、カストロに好意的であり、ブルドーザー等建設機械五千台を、後払いで援助するなどの支援を行った。この援助は、その後支払いが実行されず問題となったが、このようなことが亡命キューバ人の怨みの的になっていることは確かである。

革命という名の下に、先祖伝来の財産を一瞬にして奪われ、また、営々と築いた全財産を放置して、着のみ着のまま亡命した者にとって、カストロに対する怨みは骨髄に徹していることは確かであり、その政権に協力する者に対し反感を抱くのもわかるような気がする。

怨みと言えば、キューバで聞いたケネディ米大統領暗殺事件を思い出す。全財産を没収され命からがら米国へ亡命したキューバ人は、極めて強い反カストロ感情を持っており、キューバ反攻の機会をうかがっていた。米国亡命後反カストロ勢力は結集し、キューバ反攻の準備を着々と進め、米国上院議員やＣＩＡの同意を得、ケネディ米大統領に米軍の協力を願い出た。しかしケネディは一隻の軍艦も一兵の協力も認めず、また米国の港から出撃することも許可しなかった。反攻勢力はフロリダで結集し出撃する予定であったが、その予定が狂い、仕方なく中米グァテマラで兵力を結集し、反攻の準備を整え、昭和三十六年四月十七日反攻勢力はキューバ南海岸のヒロンに上陸した。しかしわずか三日間の戦いで全滅し、千二百名が捕虜となり、百七名が戦死した。この反攻作戦は完全に失敗した。米政府は捕虜を引き取るために五十三万ドル相当の医薬品を支払った。米軍の援助があったならば反攻作戦は成功していたのにと、ケネディを怨む反攻勢力が、同大統領を暗殺したという噂である。この噂は親カストロ派から流されたとされるが、暗殺犯として捕らえられ射殺されたオズワルドという名前は、キューバ人に多いことからこの噂を信じているキューバ人は多い。

大量亡命事件も一段落し、騒ぎも少し落ち着いた頃、ハバナで革命家の集まりがあり、世界各地からゲリラや過激派の幹部がキューバへ集まって来た。その集会の終わった九月の末、ある邦人がハバナ市の中心に近いマレコン海岸で重信房子らしい女を見たという。その邦人が夕方いつものように海岸通りを散歩していると、一台の中型の公用車が止まっており、後部座席に一人の日本人の女、重信らしい女がじっと沈みゆく夕陽を、車の中から眺めていたという。

カリブ海の海平線に沈みゆく夕陽は、時として革命の血潮で真っ赤に海が染まるような異様な美しさを感じさせる時がある。

私は、邦人から重信の話を聞き、翌日の夕方、再び彼女が来るかも知れないと思い、仕事が終わってマレコン海岸へ急いで車を走らせた。

海岸に着いた時、丁度カリブ海の彼方に沈みゆく夕陽が大きく燃え、あたかも真っ赤な血潮を流し一面に広がって行く光景は、さながら革命の島キューバを象徴するような眺めであった。エメラルドグリーンの海は、紅と黄金に染まり、夕空は七色に輝き、その美しさは私の心を捕らえた。我を忘れて沈みゆく夕陽の美しさにしばし呆然とし、はっと我にかえった時、私の後ろに誰かが立っているような気配を感じた。私は独り言のように「すばらしい夕陽だな。この自然の美しさに比べたら人間のやっていることなど愚かなものだ」と、さも誰かに聞かせるように言ってみた。そして、誰だろうかと思い後ろを振り向くと、重信ではなく、一人の白人系の少女が悲しい顔をして立っている。私が「どうしたのか」と尋ねると、少女は「マイアミへ亡命した父のことを思い出している」と言い、夕方いつもここへ来て、日の沈むのを見ていると言う。マイアミはこの海岸から目と鼻の先にあり、多くのキューバ人が亡命したが、今なお別れ別れの生活を強いられている家族が多い。私はこの少女を慰めながら、昨日この辺に日本人の女の人が乗った車を見なかったかと聞いた。少女は、確かあの辺にそのような車を見たと言う。

昨日の夕方重信がここにいたとすれば、彼女はどんな気持ちでこの美しい夕陽を眺めたであろうか。二度と再び帰ることのできない遠い祖国を思い出し、あるいは、赤とんぼを追いながら、夕焼け空を見て遊んだ子供の頃を思い出していただろうか。しかし、彼女らが育った時代の日本は、小学校ですら組合闘争の場であったし、学園は紛争に明け暮れ、先生も親も自然の美しさについて話してくれただろうか。日本中が学園でも職場でもデモ一色の時代、若者に世界革命の道を説き、あのような行動に追い遣った大人たち、マスコミや進歩的文化人たちは今どのように思っているだろうか。過激に走った彼ら自身は信念を持って行動したと言うだろう。また、このように世界情勢が変わるとは予想もしなかったかも知れない。特に日本の情況はまったく変わってしまった。彼ら若者を躍らせた大人たちは、素知らぬ顔を装い平和な生活を送っている。その時々の情勢に突っ走った若者は、捨て去られる運命にあるとはいえ哀れな気もする。英雄気取りだった「よど号」乗っ取り犯人たちもすでに四十代（当時）を過ぎ、毎日望郷の念に明け暮れていると報じられている。また、先般人質交換で釈放された岡本公三（テルアビブ空港乱射犯人）も犯した罪はあまりにも大きい。その罪はどのようにしても償えるものではない。彼らをあのような行動に走らせたものは何であったろうか。今思うと馬鹿なことをしたものだと多くの人は言うだろう。しかし、そのような行動をさせた大人たちこそ罪深いものである。

私はそのようなことを考え、カリブ海に沈みゆく夕陽を雄大なドラマを見る思いでいつまでも眺めていた。

海岸には波がひたひたと打ち寄せ、夕暮れになると堤防のあちこちに若い男女が集まって来た。遠くにぼんやりとカリブ海周遊の客船が静かに動いている。

海の上は何と静かだろうと思った。しかし、このハバナからフロリダのキーウエストまでは百五十キロ、海中では今米ソの潜水艦がうようよとうごめき、火花を散らしていることは確かである。現在の平和は米ソを頂点とする両陣営の勢力の均衡の上に維持されている（当時）。そのような二大勢力の伯仲した世界情勢の中で彼ら革命分子、テロリストはどのような役割を果たしているのであろうか。偏った正義感と若い情熱がマルクス・レーニン主義に武装され、過激に走るテロリストたち、目的達成のためには手段を選ばず行動する彼ら、そのような彼らに物心両面の支援の手を差し延べる隠れた組織、その組織を陰に陽に動かし、また巧妙に利用する巨大な国際組織、糸をたどればモスクワの戦略、戦術の中に組み込まれその尖兵として戦っていることになる。

彼らテロリストの目的とする革命とは何であろうか。中米ではキューバ、ニカラグァ革命が一応成功し、また、エルサルバドル、ホンジュラスその他でも反政府ゲリラが活躍している。彼ら自身多くの血潮を流すが、それ以上に一般市民の流す血と不安は計り知れない。革命が成功してその国が良くなり、市民生活が向上するのであれば良いが、現実は悪くなるのがその姿である。それなのになぜ中米で革命の嵐が吹きすさぶのであろうか（当時）。

それは、貧富の格差、富の分配の不平等が根本的原因であると思う。皆一様に貧しければ諦めもつくが、ラテンアメリカにおいては白人、混血、インディオないし黒人という三つの社会階級が歴然と分かれており、階級間の富の格差は甚だしい。上流階級は白人系で資産があり豪華な生活をしている排他的集団である。中産市民階級は、混血系で企業や公的機関の中堅として働き、近代化に大きな役割を果たしているが、資産を所有せず裕福でない。下層階級は貧困と従順で粗末な家に住み、どんな職業でも就けさえすれば良いという貧しい階層である。

革命の目的は、貧富の格差をなくし、新しい社会体制に変革しようとする民族主義的なものを理想としている。しかし、革命が成功し、資産階級に代わり新たに党員という名の絶対的階級が生まれ、それがすべてを握り、市民生活は前より悪くなるのが現実の姿である。そのように革命の成功が単に社会主義陣営を拡張するのみであるとすれば、これを止めさせることは出来ないものであろうか。

イデオロギーや人種、民族、宗教、年代の差を越えて人々には同じ望みがある。それは平和に、幸せに暮らしたい、という望みである。その望みを出来るだけ叶え、充たしてやることにより革命を起こす気持ちを静めることが出来るような気がする。

階級や貧富の差を越えて、また、政府と国民の間にできるだけ対話の機会をつくり、また、富めるものより貧しいものを救う方策を講ずれば革命は防げるのではないだろうか。

ラ米における社会構造を改革し、貧富の差をなくすことは大変なことであるが、これらの国の不都合な税制を見直し、資産家や大企業主よりの徴税を増やすような施策を講じ、それにより得た税収を公共事業や貧しい人々の福祉に振り当て、富の不平等や失業などをできるだけ少なくする。そして、そのような政策を採り社会福祉の自助努力を行っている国に対し先進国は経済協力を行う。さらに、政府と一般市民の直接対話をできるだけ多く実施するように、政府上層部に働きかける。

中米の多くの人々は、革命が成功してもキューバ、ニカラグアの例の如く党員という名の新階級が生まれ、一般市民の生活は良くならないことをよく知っており、政府も国民も、資本家も労働者も、革命で内戦状態になることを望んではいない。中米を含めラテンアメリカの多くの人々は、貧富の格差を越えて平和を好み、歌と踊りを愛し陽気である。音楽が流れると手をたたいて歌い、踊り騒ぐ、その日その日を楽しく過ごす態度である。スペイン征服以来確立されている旧来の制度をあたかも天命の如くに従い、金持ちは金持ち、貧乏人は貧乏人でそれぞれ与えられた生活を過ごしている。多くの人は血を流してまで改革しようとは思っていない。

革命を起こさず内戦を防止し、自由主義体制を維持するためには、先進諸国は単に援助するに止まらず、援助国会議を開きそれらの国々の封建的な体制を見直すよう指導し、貧富の格差をできるだけなくし、政治対話を実施させる施策を考えるべきであり、それはそれらの国々の存続と発展につながり、貧しい人々を助け、世界の平和に貢献するものであると思われる。

十七、キューバ在勤二回目

私は昭和六十三年十月、グァマテマラで経済協力の多くの仕事を残し、キューバへ転勤することになった。私としては、経済協力の仕事に目処《めど》がつき軌道に乗せてから転勤したかったが、本省としては、グァマテマラに四年もいたので、人事の遣り繰りからと思われるが、役人の人事は大体そのようなものであった。キューバは二回目の勤務となり、勝手の知った国であり、気楽な気持ちで赴任することになった。前回で書かなかったのでまずキューバの歴史の一端に触れてみたい。

今から五百三十一年前、一四九二年、アメリカ大陸（西インド諸島）を発見したコロンブスは、サンサルバドル島に続きキューバ島を発見したとき「これこそ人間が見た最も美しい島、アンティーリャスの真珠の島だ」と叫んだ。スペインは西インド諸島征服後、一五二一年にはコルテスがメキシコを、一五三二年にはピサロがペルーを征服し、中南米大陸に、途方もない広大な海外帝国の所有者として、ヨーロッパ最強の国家となった。そしてスペインは、中南米から運ぶ金・銀財宝や各種産物の中継地としてキューバを選んだ。

カリブ海には、四つの大きな島がある。正式には西インド諸島の大アンティール諸島と呼ぶ。一番大きな島はキューバ島、次に現在ドミニカとハイチのあるイスパニョラ島、三番目がジャマイカ、四番目がプエルト・リコである。

これらの島は、一四九〇年代、コロンブスの第一航海の時発見された島であり、この四つの島を含めカリブ海の多くの島は当初スペインが占領し、中米そして南米大陸進出への足掛かりとした。それを知った当時のヨーロッパ諸国はカリブ海に殺到し、イスパニョラ島の一部（現在のハイチ）はフランスが、ジャマイカはイギリスが奪い、その他多くの島をポルトガル、オランダその他の国に占領されていった。

十九世紀末、キューバが共和国として独立するまでの約四百年間、スペインは中南米航路の中継地として、また、当時世界第一の砂糖輸出国として、経済的に潤っていたこのキューバ島を最後まで守り抜いたと言われる。

十九世紀初頭、メキシコ、コロンビア、ヴェネズエラをはじめ中南米諸国を襲った独立戦争の波は、キューバには深く達しなかった。それは、当時のキューバは、農場主や企業家の大半がクレオールでなくスペイン本国人（ペニンスラール）であったためと言われる。クレオールとは植民地生まれのスペイン人を指すが、この他中南米に多いメスティソ（白人とインディオの混血）、あるいはムラート（白人と黒人の混血）がキューバには比較的少ない。中南米諸国に独立運動が起きた時、それらの国にいたスペイン本国人がキューバへ逃れてきたと言われている。そのため革命前のキューバは、白人系九十％を占め、黒人の比率の多い他のカリブ海諸国とは人種構成がまったく逆であった。革命後多くの白人は亡命し、また、カストロは白人と黒人の結婚を政策的に奨励した。それでもまだ白人系が多く、キューバ女の顔立ちが美しく豊かさをたたえているのはこのためである。

キューバには美しい砂浜が多い。中でも首都ハバナから百四十キロ離れたバラデロの海岸は特にすばらしい。遠浅で、透き通るように澄んだ水は、きらきらと輝き、春の水を想わせる。水底で小魚がすばやく泳ぐのさえ見える。じっと海の美しさに見とれていると、ヘミングウェイがこの島を愛し、海の物語を書いた気持ちがわかるような気がする。

このバラデロの海岸は、革命前はピチピチしたラテンアメリカ系の男女や、小麦色の肌を輝かせたアメリカ女が遊んでいた。いま、彼女らに代わり、ソ連、欧州圏から来たという内股の白い小太りした女たちが、ひっそりと寝そべっている。

革命後のキューバは、厳しい配給統制下にあり、政治的、社会的な自由は制限され、出国の自由すらない。しかし、ラジオ、テレビは連日のように「自由の国キューバ」と叫んでいる。この放送に心が浮き立ち、あるいは亜熱帯性海洋気候に血が騒ぐのか、男も女も恋愛の自由にハッスルしている。恋愛だけは国家統制することができないのか、それともそれだけが自由なのか……。革命後、離婚の自由を認め、その手続きを無料とした。そのためあまりにも離婚が多いので、最近は離婚手続きに百ペソ(約三万三千円)納めなければならない。

若いキューバ女に、お前は独身か既婚かと尋ねると、彼女らはきまって「私、ディボルシャーダよ」と言う。すなわち離婚者ということである。彼女らの結婚は、大体十六〜十八歳で結婚し、十八〜二十歳で離婚している者が多い。従って子供がいるのかと聞くと、彼女らの半数は「はい」と答える。「その子供は誰が面倒みているのか?」と尋ねると、この質問も妙な話だが、実際、夜遅くまで男と遊び回る彼女らを不思議に思い聞く訳だが、「おかあさんよ」と言い、「おかあさんが子供が好きなのよ」と、しゃあしゃあしたもので、何とも憎めない。社会主義体制となり物は不足し、女の楽しみであるドレスを買うこともできず、また、家を自由に建てる夢もなくなった中年の女たちは、自分の孫と遊ぶことに楽しみを見い出しているのか、街で子供たちと遊んでいる中年女が多い。

当時、キューバはアンゴラ、エチオピア、ニカラグァその他多くの国へ若い男たちを軍事要員や技術者として派遣した。大体勤務期間は二～三年で、月給は残された妻のもとへ支給される。しかし、その間は妻は離婚できない。男たちは安心して外国勤務できる訳だが、帰国すると大体離婚するケースが多いという。

スペインは、十五世紀末イサベル女王の治世、ヨーロッパの最強国となるや、海外進出を企て、コロンブスの西インド諸島発見を契機として、十六世紀初頭までに中米、メキシコ、そして南米大陸へとその勢力を拡大していった。

これら新大陸から金、銀、宝石等財宝や奴隷をスペイン本国へ運んだ、いわゆるガリオン船は、当時どのような航路を辿っていたのであろうか。書物を調べ、私の推測を加えると、スペインから船団を組んだガリオン船は、カナリア海流から北赤道海流（貿易風）に乗って西へ進み、船団のうち一部は南米大陸に沿い南下、一部はメキシコへ向かった。ブラジル東岸に沿い南下した船団は、マゼラン海峡を迂回し、ペルーのカヤオで金銀財宝を満載、チリ、アルゼンティン沖を回ってパナマ地峡に集結、そこからカリブ海最大の要港ハバナへ向かった。ハバナにおいて、メキシコその他から財宝を運んできたもう一つの船団と合流、強力な船隊を編成、ハバナを出航、帰国の途につくのである。

しかし、この船団にはさまざまな危険が待ち受けていた。その一つは、ガリオン船団を狙う海賊船である。ガリオン船はガレー船やガリアス船を改造した航洋能力もある武装商船で、甲板を高くし海賊が容易に乗り移れないようにしてあった。また、船団には護衛用のガレイザブラス船が護衛していた。当時ヨーロッパ諸国はスペインが中南米から財宝を運んでいることを知り、それらの国々、中でもイギリス、オランダ、フランスは、これらの財宝輸送船を狙う戦闘艦隊をカリブ海に派遣し、船団を襲撃させた。

カリブ海の多くの島の入り江は海賊船の隠れ場となり、珊瑚礁は奪った財宝を取引する密輸船が集まった。キューバ本島の南に松島（現在青年の島と改名）がある。この島はスチブンソンの小説『宝島』のモデルとなった島と言われる。当時、イギリスはプロテスタントでカトリックの国々と反目していた。そのためエリザベス女王は財政に窮し、女王自身は持船が少ないので、貴族や民間の船に略奪行為を許可した私掠船をカリブ海に送り込んでいる。かの有名な海賊ドレークもその一人で、ドレークは女王や貴族の出資を得て、帆走能力があり、長射程のカルバリン砲を搭載した戦闘型ガリオン船を多数建造し、カリブ海ばかりでなくスペイン本国の港を襲い、多くの財宝船を奪取、エリザベス女王に献上した。彼は後にナイトの爵位を与えられ、イングランド艦隊の司令官となった男である。

ガリオン船には財宝や奴隷と共に金貨銀貨百万枚が積まれていたという。これら貨幣は、当時どこで鋳造されていたのであろうか。

私はボリヴィア在勤中、国際錫理事会一行に随行し、ボリヴィアのポトシ鉱山へ行ったことがある。首都ラパスからアンデスの広漠とした高原地帯を南東へ約五百キロ、塩の湖「ポーポ湖」の近く人口七万のポトシの町がある。標高四千メートル、ちょっと見た目には人口四～五千の寂しい町である。今は訪れる人とてないこの町が、約四百年前南米大陸最大の都市であったとは誰が想像できようか。一五三五年、フランシスコ・ピサロによりインカ帝国が征服され、その後十年、ポトシ鉱山が発見された。ペルー副王の命令で全植民地から集められたミータ（労働者）は、その数十五万人。彼らは昼夜を違わず働かされたという。現在、ポトシの町には当時を思わせる古い建物が残されている。中でも大きいのは貨幣博物館である。古い城塞を思わせるこの建物は、中南米最大を誇るスペイン銀貨金貨鋳造工場であった。ここで製造された夥しい銀貨金貨は、インディオの背に担がせられ、標高四千メートルの峻険な高原地帯をラパスまで約五百キロ、ラパスからチチカカ湖を渡り、さらにリマまで約千二百キロ、皮袋を背負ったインディオの列が続いた。

現在航空機で約三時間のこの行程は、徒歩にして約二ヶ月、インディオたちは、空腹と寒さを凌ぐためコカの葉をしがみ、近くに万年雪の山々を眺めながら、黙々と銀貨金貨を運んだ。今でも機窓から赤茶けたアンデスの山々を見下すと、アイマラ、ケチュア族が荷物を背負いテクテク歩く姿が見られる。この習性は、当時から身についたものであろうか……。現在ポトシ鉱山は錫鉱山として操業を続けているが、その坑道の長さ約五千メートル、幾条にも掘り尽くされたその坑道は、当時のすさまじさを物語っている。

中南米から財宝を満載したガリオン船の危険は、海賊ばかりではなかった。夏から秋にかけカリブ海に発生するハリケーンもその一つである。ハリケーンにより船隊が散逸したり沈没した例は少なくない。カナリア海流から北赤道海流に変わる地点で発生するハリケーンは、ハイチ、ジャマイカおよびキューバの南岸を通り、西に進み、ユカタン半島に突入、そこからメキシコ湾岸に沿って北上、テキサス州沿岸を襲うコースである。丁度キューバの北岸にあるハバナはこのコースから少し外れた位置にある。

スペインが船団の中継地としてハバナを選んだのは、ハリケーンを避けるためばかりではなかった。当初スペインは、イスパニョラ島すなわち現在のドミニカ共和国サントドミンゴに中継地をつくった。当時、イスパニョラ島にはカリブ族その他（この名をとってカリブ海と呼ばれた）の勇壮な原住民が同島の山岳地帯に立て籠もり、しばしばサントドミンゴを襲った。これに反し、キューバは平坦な土地が多く原住民を平定しやすく、また、ハバナはメキシコ湾流に乗って帰る航路にも面していた。

ガリオン船団にはさらに第三の大きな危険が待ち受けていた。

ハバナに集結したガリオン船団の帰路は、フロリダ海峡とバハマ諸島の隘路を抜け、カヨ・ユエソを通過、メキシコ湾流に乗ってバミューダ西方を越え、北に進路をとりカロライナ海岸のハタラス岬へ向かい、ハタラス岬で船隊を整え一気に大西洋を東に横断、スペイン本国カディス港へ帰港するコースである。このコースは風向き、海流共に最良であったが、バミューダ—マイアミ—プエルトリコを結ぶ三角海域は、得体の知れない危険な海域であり、多くの船が消えてなくなる世にいうバミューダ・トライアングルである。

この地球上に磁石が真北を指す地域が二つある（北には磁北、真北、地図上の北の三つの北極点があり、大半の地域では磁北と真北の間に磁差がある。これを磁気偏差という）。

バミューダ・トライアングルは、この磁北と真北が一致する地点であった。他の一つは日本の南東、マリアナ諸島、明神礁の海域と言われている。この二つの海域では真北を指すばかりでなく、磁針が乱れ、方向がまったくわからなくなると言われている。

一九四五年、フォートローダデール基地を飛び立った五機の米軍機は「何もかも狂っている。方角がまったくわからない。まるで白い海に入って行くようだ」との無線を残し、五機ともその消息を絶った。この海ではこの他多くの艦船や飛行機が消え去り、米国防総省も今もってその原因を解明していない（T・ジェフリイ著『バミューダに消える』角川文庫）。

無数の珊瑚礁からなるこの美しいバハマ海域には、時としてこのような魔の力が働く。ガリオン船団は、この三角海域をできるだけ避け、バハマ諸島の西側をフロリダ半島沿いに北上した。

記録によるとこの魔の海域で、十六世紀には財宝を満載した船が四十四隻、十七世紀には三十八隻が沈没、また、他の記録によると十五世紀以降二十世紀初頭まで約三百隻の船が遭難したとされている。

この魔の海域にまつわる伝説は多い。その一つを紹介しよう。

カメオに使われている貝は、キューバで採れる「サルドニカ」と、アフリカ、マダガスカルで採れる「コルニューラ」の二種類の巻き貝である。普通のカメオのブローチだと、サルドニカからは二十個、コルニョーラからは一個しかとれない。キューバの貝がいかに大きいかがわかる。白と肌色の層が綺麗に出るこのサルドニカは、ギリシャ神話などの女神を模したり、あるいは美しい女性の顔が刻まれると一段と美しく輝く。

伝説によると南米大陸の帰途ハバナに立ち寄る船乗りたちは、この美しい巻き貝を見、祖国で待つ女の肌を想い、胸に抱きしめて持ち帰ったという。そして、魔の海域を通過する間、神に祈り、想いを寄せた女の顔を彫ると無事海難を逃れたという。海賊やハリケーン、またバミューダ・トライアングルなど長く危険な航海に疲れ、不安の中に願いを込めて、愛する人の顔をサルドニカに刻む。また、充ちてくる男の躯が、このすべすべした肌色の貝を恋しく思い、自然と小刀が動いたのかも知れない。実際サルドニカは紅潮した人肌を想わせる貝である。

歴史は流れ、一九五九年一月一日バチスタの追放に成功したカストロは、民衆の熱狂的歓迎で迎えられた。農地改革、企業の国有化、共産党との協力、対米関係断絶、社会主義圏との関係強化の政策を断行。ミッションスクールを出たカストロは、革命当初共産党とは一線を画していたが、経済援助を米国から断られ、遂に一九六一年五月一日、キューバに社会主義革命を宣言した。多くの市民は未来にバラ色の社会主義国を描き、金持ち、経営者を追い出せば自分たちもそのような華美な生活ができると夢見た。

しかし、撃ち合いでは優秀なゲリラ戦士も、企業を経営し、貿易を行う能力までは持ち合わせていなかった。革命後国内経済は停滞し、物資は不足、野菜を買うにも炎天下二〜三時間行列しなければならず、灰色の生活を強いられた市民は、目と鼻の先にある米国へ逃げ出すことを考えた。

バスに乗ったまま某大使館に逃げ込んだとか、暗夜に乗じて小舟で脱出した、あるいは外国人と仮装結婚しメキシコへ出国したなど、いろいろな事件が発生している。大量亡命事件については、前回キューバ勤務の項で詳しく書いているので省略することとし、キューバを語るとき忘れてはならないのは音楽の世界である。中でもミュージカルの舞台となったハバナは、スペインの情熱的な音楽とアフリカから連れて来られた黒人のアフロ音楽が融合し、強烈なキューバンミュージックをつくり出した。

マンボ、ルンバ、ハバネラ、チャチャチャ、ボレロ、コンガ、ダンソンの発祥の地となり「ラテンリズムの宝庫」と言われていた。その懐かしのキューバ名曲を列挙すると

「シボネイ」「ババルー」「グアンタナメラ」「タブー」「マラゲーニヤ」「キエレメ・ムーチョ」「キサス・キサス・キサス」「南京豆売り」「エル・マンボ」その他枚挙に苦労しない。

しかし、革命後旧ソ連の対米戦略基地となり、また、旧ソ連が中南米進出の足場として、キューバに対し法外な援助を与える代償として、アンゴラ、エチオピア等のアフリカ諸国へ出兵し、また、中米の革命勢力を支援する立場から、国内では社会主義国家建設が最優先となった時代、音楽どころではなかった。けれども、旧ソ連が崩壊し、援助の関係が断ち切られると、古き良き時代を思い出し、革命前の豊かな文化、音楽、風習を懐かしみ、国営テレビで盛んに放映されるようになった。また、ラテン・アメリカの音楽ファンは、この国に熱い眼差しを注ぎ、聞き耳を立てている人たちが多く、キューバを訪れる音楽ファンの数は年毎に増えている。

なお、余談であるが、ＮＨＫの朝の連続テレビ小説「おしん」は世界各国で放映され、好評を博したが、キューバでも放映を申し出たところ、私がキューバ離任後国営テレビで放映され、放映は毎夜八時から連続放映され極めて好評であったとのことである。劇映画では、カストロ議長は、勝新太郎主演の映画「座頭市」が大好きであった由である。

さて、日本人移住者とキューバの関係であるが、大正末期から昭和初期にかけ砂糖きび農場で働く契約移民として、または米国に移住するための前哨基地として、約一千百四十名の日本人がキューバに渡っている。また、その頃帝国海軍が親善訪問のため四回訪れている。しかし、その後の移民規制及び世界情勢の変化により、第二次大戦当時キューバに在留していた日本人（成人男性）は三百五十二名であった。うち三百五十名が米国の要請により強制収容された。一九四五年終戦により釈放され、再び農業や商業に従事、農場や商店の経営が軌道に乗りはじめたところで、一九五九年一月革命が起こり、所有地や商店は只同然の安い価格で政府に買収され、そのため約半数の人は帰国乃至近隣国へ転住を余儀なくされた。

残留した一世で当時生存中の人は四十六名、平均年齢八十五歳であった。年金を受け生活しているが、配給物資も少なく生活は苦しいようであった。ただ、どこの病院も無料で入院できるので余生をつつましく送っていた。二世、三世を含めた日系人は当時約七百名で、キューバ人と全く同じ取扱いを受け、子供たちは大学も無料で入学できた。苦しい中にもお互いに助け合い、一般キューバ人より少し豊かな生活をしていたのが、せめてもの慰めであった。

余談はこれくらいにして、キューバに中南米一大きい日本庭園を造った話を始めたい。旧ソ連がゴルバチョフの時代になり、共産主義路線を捨てキューパに対する援助を減少し始めたころ、ソ連に変わる援助国としてわが国に対し熱い眼差しを送っていた時期がある。その頃一九八九年一月昭和天皇が崩御され、カストロ議長は三日間の公式服喪令を布告し、官公庁の小さな建物や軍施設、道路にまで半旗を掲げさせた。丁度その日、約四万名のキューパ兵を派遣していたアンゴラから停戦協定第一陣として七百名がハバナの空港に帰還した。空港に掲げられた半旗を帰還兵が複雑な眼差しで見ていた光景を、今でも思い出す。

後日、カストロ議長が三日間にわたりキューバが喪に服したことについて,、日本記者団の質問に次のように答えている。「昭和天皇は日本を廃墟の中から復興させ、アメリカを追い抜く大国にした偉大な元首であり、私は以前から深く尊敬していた。喪に服したのはわれわれの当然の義務と考えたからだ」と語った。

わが国の官公庁でさえ一日しか半旗を掲げていないのに、体制の違う遠い国が津々浦々まで半旗を三日間も掲げ、喪に服した事実は考えさせられる。

しかし、わが国は対米配慮からほんの数名の研修員受入れ以外は、経済技術協力を実施していない（当時）。わが国外交の方針としては、これまでキューバが旧ソ連の手先となりアフリカへ出兵し、また中南米の革命勢力を支援していたことを警戒している訳である。今キューバは、アフリカより撤退し、革命勢力に対する支援を中止した。しかし、キューバに対する警戒感はまだ失われていない。キューバは、今そのことを深く反省し、また、歴史に残された事実を事実として認識しているように思われる。

わが国のキューバに対する経済技術協力は、キューバが社会主義体制を変え自由な選挙を実施しない限り行うべきではないという考え方であるが、そのような国に対し現に経済協力を実施していることを思えば、やはり対米配慮から経済協力を実施できないのが実情と思われる。（平成二十八年三月オバマ大統領が現職大統領として八十八年ぶりにキューバを訪問、また日本の岸田外相、そして安倍首相が同年九月初めてキューバを訪問し医療機材の無償資金協力など合意した。今後の関係改善が期待される）

一般キューバ人の対日認識度は、アジアの遠い国、技術水準の高い工業国、サムライの国というイメージであり、日本の文化的背景、国民生活、歴史等についてそれほど知っている訳ではない。しかし一般に極めて好意的である。それは民間の功績であると思われる。わが国の体育協会、音楽団体、民間企業等が長年にわたり友好親善関係を続けてきた賜物であり、このような友好関係を今後とも維持するために何らかの施策を講ずることは、極めて重要なことである。

対米配慮から政府間ベースの援助協力が困難であるとすれば、政治的に問題とならない民間組織をできるだけ利用し、対日イメージを損なはないようにしなければならない。それは、今手を打っておくべきである。

キューバ駐箚《ちゅうさつ》川出亮大使は、日本キューバ友好のシンボルとして立派な日本庭園を造ることを計画され、建設資金は日本万博記念基金事業からの補助を得ることで話を進めていた。

その頃昭和六十三年十一月、私はグァテマラからキューバに転勤を命じられ、経済協力または文化事業で何か記念になる仕事をしたいと思っていた。同大使から日本庭園建設の担当になるように言われたとき、日本庭園を建設することが弾みになりキューバに対する経済協力を始めることになるかもしれない、という淡い期待感があった。万博基金より二千万円の補助を受け、建設設計は三井物産本社の庭（カルガモの庭として有名）その他多くの庭園を手掛けた（株）荒木造園設計事務所社長荒木芳邦氏が快く引き受けられた。

建設場所は、ハバナ市郊外のレーニン公園の隣、国立植物園東南アジア・オセアニア地区である。

同大使に随行し、建設予定地を見たときは、草が茫々と生え、中央部は水たまりとなっており、六ヘクタールの広大な敷地であった。

平成元年二月、荒木社長他二名の技師が本邦より来訪し本格的工事が始まった。まず滝や池に使う大きな石を探すことから始まった。滝といっても幅五十メートル、石を四段に積み上げる巨大な人工滝である。また、人工池の大きさは一ヘクタールあり、それらに使う形のよい石（岩）を集めるのは大変な作業であった。

日本庭園の独特な荘厳さは、その庭石にあると言われる。キューバ事情に詳しい内藤五郎氏（在キューバ日系人連絡会長）の案内で、キューバ全土を探し歩いた。トリニダの南、アンコン岬、レグナ・デ・ピエドラ、シエラ・デ・ヴィニャレス、ソロア、ハバナ市北方のヒバコア海岸等からトラックで運ばれてきた。ピエドラにあった暗黒色の大きな石は運ぶのに三日を要した。

アンコン岬の石は、海岸にあったものであり、黒色がかった大きなプリズマ型の石で、池の周囲に配置した。ラグナ・デ・ピエドラの石は石灰石で非常に硬く、犬の歯のように尖っており、原型のままあるいは一部を切り、滝石として使用した。ソロアの石は滝の側背に、ヴィニャレスの石は鑑賞台の敷石として利用された。

工事で一番困ったことは、建設資材の不足とブルトーザが計画通り配車されなかったことである。建設省に掛け合うとブルドーザが三台回されてくるが、うち二台は工事現場に着くと故障した。人造池の大きさが一ヘクタールと大きいので、池を掘るのは大変な工事で、池の底は当初コンクリートで固める計画であったが、丁度その頃植物園の近くに「ＥＸＰＯ　キューバ」という常設産業展示場の工事が始まっていた。同展示場の工事は大規模なもので、カストロの命令で期限までに完成しなければならず、大量のセメントがその建設のために使用され、日本庭園建設のほうへまわす余裕はなかった。そのため池底は小石を敷きつめ固める方法がとられた。

日本庭園建設の責任者であるアンヘラ・レイバ植物園長（女性、大阪花博のナショナルデーに文化大臣に随行して訪日）は、政府上層部に陳情し、建設技術者や作業員の雇用、セメントや工事用資材の調達、植木の準備等文字通り東奔西走した。建設資材の不足しているキューバでは工事に要する資材を集めることは大変な苦労である。また、作業員が不足し工事が大幅に遅れたため、レイバ女史は、隣組組織を通じまた工科学校生徒に勤労奉仕を依頼し応援を得た。隣組のオバサンたちがトラックで連れて来られ勤労奉仕している光景は、戦時中の日本を思い出す光景であった。

広さにおいて中南米一大きい日本庭園を約八ヶ月で完成できたのは、荒木社長の適切な指導とレイバ国立植物園長の献身的な努力、そして多くの人々の勤労奉仕の賜物であった。また、内藤日系人連絡会長は八十三歳（当時）の御高齢にもかかわらず工事現場に赴き、荒木社長を援助して頂いた。

この日本庭園は、回遊式庭園の方法がとられ、人工池の大きさは三百平方メートル、池の周囲は千七百メートル、遊歩道が見えたり隠れたり、曲がりくねって巡らされている。これを「見え隠れ」の工法という。

この池の中心やや右寄り遠くに小山が眺望できる景観の良い場所に幅五十メートル（両脇の土盛りを入れると約六十メートル）の人工滝を造った。その滝の後方二キロメートル遠方にあるマナグア山からいかにも水が流れて来るようにつくられている。これを「借景」と呼ぶ。

滝は、三つの部分に分かれており、両側の二つの部分は緩やかな落差の段違いで平らな縁を幅広くとり、水が順々にキラキラと光りながら落ちてくるように作られた。また、

ハバナ市郊外国立植物園内に建設された日本庭園の一部

滝の中央部は、床に三メートルの傾斜をつけ、配置された石の間を水しぶきを上げて流れるように考案されている。

滝の鑑賞は、池の中央に建設した「浮見堂」から、また遠く離れた二つの茶室、あるいはつる棚の下に作られた鑑賞用ベンチ、さらには小高い所にあるレストランから眺められる。

滝に使用する水は、離れたところから地下水を汲み上げ、鉄パイプで送水しているが、パイプの直径は五十センチの巨大なものである。物資不足の当国でこのようなパイプをよく使わせてくれたものと感謝している。また、池のなかに大きな噴水三つを設置し、美しい噴水を吹き上げている。現在、日本庭園は外国人用観光コースに含まれているため、ポンプを動かす電力は止められていない。この庭園を見学に訪れるキューバ人は、平日でも五百人以上、休日は約二千人にも上るといわれている。

また、池には荒木社長が御寄贈された緋鯉八十匹が、体長五十センチ前後（当時）に成長し訪れる人々を喜ばせている。

キューバ日本庭園の建設は、カストロ国家評議会議長をはじめキューバ政府首脳部に高く評価され、平成元年十月二十六日の竣工式には、カストロ議長をはじめ、ラファエル副議長、フェルナンデス教育大臣、クラベ建設大臣、テハス厚生大臣、メレンデス経済協力大臣、ロハス・ハバナ大学総長その他党中央委員多数が出席した。

竣工式の模様は、二十七日及び二十八日付グランマ紙第一面及び三面に写真入りで大々的に報じられ、また二十七日の国営テレビは午後九時から十時のゴールデンアワーで放映した。竣工式において四十分にわたり演説したカストロ議長は、その演説のなかで「この日本庭園は、日本・キューバ両国民の友好のシンボルとして永遠に残るであろう」と述べ、日本文化及び日本人の勤勉さを高く称賛し、我々の手本としなければならないと訴えている。カストロ議長の演説の要旨は次の通りである。

「日本大使が、この国立植物園の中に日本庭園を建設するアイデイアを提起したとき、我々はこれを非常に嬉しく感じ、また大変興味をもった。私は当時日本庭園に関する簡単なメモを読んだとき、私はもちろんただちに同意すると言った。「どのようなものなのか」「何をする必要があるのか」「期間はどの位か」等々を私から質問した。当時は、それは日本大使の素晴らしい好意から発した一つのアイディアに過ぎなかった。しかし、その後大使は本件の実施計画を全て引き受けてくれた。

同大使は、以前西独で総領事をしていたとき、優れた造園家である荒木芳邦氏と知りあった。同氏は権威ある優秀な造園家であるばかりではなく、素晴らしい人物であった。そのような人に設計を依頼したことは極めて良い選択であった。

ハバナ植物園の日本庭園竣工式でおちょこで日本酒を飲むカストロ議長

この庭園を早期に建設するために、多くの人々が情熱をもって働いたことを私は知っている。建設労働者諸君、植物園職員、大学生、シエンフエゴス士官学校生徒、第二十五建設隊員、エチェヴェリア技術学校生徒、そして、最も大勢協力してくれたのは隣組の婦人方である。皆の奉仕によりこのような立派な日本庭園が建設されたのである。

建設のために、キューバの多くの場所から石が運ばれてきた。造園家はこれらの石を芸術的に石組みした。石組みは最も重要な作業の一つである。我々はその石がキューバのどこの県から運ばれてきたのかをここで見ることができる。ここで使われた木材は多くの国から運ばれてきたものである。特にアンゴラの木材が多い。もちろんキューバのものが一番多い。

この庭園には、日本の多くの伝統が取り入れられている。その一つは瞑想《めいそう》の原則である。人々が庭園内を遊歩しながら様々な形象と景色を見、心を休ませ瞑想にふけるように作られている。私も此処へ来てどれ程の問題を考えられるだろうか（笑い声）。我々にとってこの庭園は必要である。何故なら我々は解決しなければならない多くの問題を抱えているからである。

この庭園は日本文化の一部である。日本とアジアには西欧と同じ位か、ものによってはそれより優れた文化がある。アジアの文化は遥か昔に生まれ今日まで発展した。

私は、わが国労働者の勤勉性を比較するとき、いつも日本を手本としている。もちろん中国人、朝鮮人もよく働くが、日本国民の勤勉さと知性の豊かさが今日の日本をつくり上げた。今やキューバ人も日本人と同様に働く労働者集団をもつようになった。しかし、残念ながら我々は未だ日本人の勤勉さの平均値には程遠い。

我々が日本を称賛する理由は、勤労精神、文化、才能、哲学、倫理、経済発展の分野からである。資源が極めて少ない国であるにもかかわらず大きな発展をなし遂げた。日本の機械はキューバにも沢山あるが、その品質はすばらしい。

私は、この日本庭園が完成したことについて、日本大使、造園家、万博記念協会、日本花の会に深く感謝する。また、日本国民にも感謝しなければならない。なぜならこの日本庭園は日本国民の友好感情及び寛大さの表れとみるからである。

私は、日本・キューバ両国の友好万歳とは発声しない。なぜならその友好は既に確立しているからである。

終わりに当たり、私はこの庭園が益々花を咲かせ、緑豊かになり、祖国の首都がなお一層人間性豊かになることを確信し、この庭園が日本・キューバ両国民の友好のシンボルとして永遠に残ることを祈るものである」

日本人をこのように観察し、賞賛した外国元首は、それは政治的であったかも知れないが、他にはいないのではないか。カストロ前議長は、わが国を公式訪問したかった。しかし、日本政府は対米配慮から航空機の燃料補給の立ち寄りしか認めることはなかった。平成二十八年九月安倍首相がキューバを訪問し、前議長と会談したことは大変良かったと思う。その二ヶ月後、平成二十八年十一月二十五日カストロ前議長は逝去した。享年九十歳であった。

高橋利巳（たかはし　としみ）

昭和4年秋田県生まれ。明治大学法学部卒。

外務大臣官房文書課、陸上自衛隊幹部、外務省移住局企画課、神戸移住センター、外務省大阪連絡事務所、中南米移住局移住課、在ボリヴィア、在ウルグァイ、在グァテマラ、在キューバ日本大使館（2回）勤務。

平成12年4月双光旭日章受賞。

著書に「ある外交官の回想 激動の昭和に生きて」（展転社）「戦後海外移住の一考察」（領事移住部）「カリブ海の夕陽と革命の嵐」（霞関会）など。

昭和は遠くなりにけり
沈みゆく太陽

令和五年九月七日　第一刷発行

著　者　高橋　利巳
発行人　荒岩　宏奨
発　行　展　転　社

〒101-0051 東京都千代田区神田神保町2-46-402
TEL　〇三（五三一四）九四七〇
FAX　〇三（五三一四）九四八〇
振替〇〇一四〇-六-七九九九二
印刷製本　丸井工文社

ISBN978-4-88656-563-1